悦讀紀 ENJOY READING ERA

文化品位
优雅生活

阅读改变女性 · 女性改变未来

爱，是所有问题的答案

倾心蓝田 著

青岛出版社
QINGDAOCHUBANSHE

图书在版编目（C I P）数据

爱，是所有问题的答案 / 倾心蓝田著. -- 青岛 : 青岛出版社，2016.8

ISBN 978-7-5552-4002-0

Ⅰ. ①爱… Ⅱ. ①倾… Ⅲ. ①散文集－中国－当代 Ⅳ. ①I267

中国版本图书馆CIP数据核字(2016)第106226号

书　　名　爱，是所有问题的答案
著　　者　倾心蓝田
出版发行　青岛出版社
社　　址　青岛市海尔路182号（266061）
本社网址　http://www.qdpub.com
邮购电话　010-85787680-8015　13335059110
　　　　　0532-85814750（传真）　0532-68068026
责任编辑　那　耘
选题策划　孙红彦
封面设计　林　丽
版式设计　孙顾芳
印　　刷　三河市南阳印刷有限公司
出版日期　2016年8月第1版　2016年8月第1次印刷
开　　本　32开（880mm×1230mm）
印　　张　8
字　　数　89千
书　　号　ISBN 978-7-5552-4002-0
定　　价　35.00元

编校质量、盗版监督服务电话　4006532017
青岛版图书售后如发现质量问题，请寄回青岛出版社出版印务部调换。
电话：010-85787680-8015　0532-68068638

目录

CONTENTS

目录

CONTENTS

071 第二章

我等的人，ta 在不远的未来

目录

CONTENTS

第一章

嘿，你也在等我吗？

嘿，你也在等我吗？

朋友找我诉苦，说近期见了很多女孩子，有些漂亮，有些可爱，有些风趣，有些懂事，但没有一个他喜欢的，说白了就是没感觉。他很惶恐地问我，怎么办？他感觉自己注定孤独一生了。

你们有过这样的阶段吗？

或许在年少的时候，曾经有一个非常符合你对另一半想象的人出现在你的生命里，或许你暗恋过他，或许你们有幸交往过一段，但后来因为这样那样的原因，你们最终在青春里走散了。

于是后来遇到的人，都不符合你的想象，总觉得对方确实很不错，长得不错，学历不错，工作也不错，性格也好，就是缺了那么一点感觉，甚至常常怀疑自己爱无能，担心就这样孤独终老，不再拥有爱情。

我也有过这个阶段，那时候我毕业两年多，走过很多路，经历过很多事，却始终没有遇到一个我爱的人。再加上身边的同学朋友纷纷发来结婚喜讯，逢年过节家里亲戚不断催促，自己更慌乱了。

我一度以为自己失去了爱人的能力。在我妈催得最紧的时候，我甚至和自己非常确定不爱的那个人尝试过交往，对方约我看电影，到了影院，他嘻嘻哈哈很快融入电影情节，而我始终不能专心，总是跳出来，苦闷于当时的处境。对方约我吃饭，我也会去，吃什么不重要，丝毫没有点餐的心情，只想应付了事。当然，这段感情最终还是失败了，伤害了自己也伤害了对方，可我真的没有恶意，只是想要尝试着去培养出所谓的感情。

工作日上班忙着工作，无暇去想这些问题，但到了周末，望着空荡得只有自己的房间，又独自伤感起来，委屈到想哭：想来自己也不差，遇到的人也足够多了，为何就是不动心呢？

那种感觉就像是，你整个人都被掏空了，心更是空的，干干净净，只等一个能让你动心的人住进来，却迟迟等不到对的人。

时间久了，干脆放弃。每天上班就拼命工作，把所有碎片时间都用在各种各样的事情上，不断填充自己，感到虽然没有恋爱，但生活貌似还算充实。周末找朋友聚会，吹牛扯皮K歌逛街，回到家虽然又是自己，但想想至少白天是有人陪着的。

生活就这样简简单单地过着，时间也渐渐过去，后来的某天，你突然又认识了一个人，他以你从未想过的方式出现。初见的时候，彼此并不觉得对方有多么好，但都有一种倾诉欲，恨不得把遇到之前的事情一下子告诉给对方。嗯，就是这个时刻，你又遇到爱情了，你的爱无能也被瞬间治愈了。

谁也没有说爱，甚至连喜欢都没讲过，却在不经意间走到了一起。交往中你会觉得，原本期待的轰轰烈烈，在这一刻虽然平平淡淡，却又真真切切，心里不由得想说，真好。

曾经在遇到工作上不顺心的时候，希望对方可以不问青红皂白跟你站在一起，骂让你不开心的人一顿，然后出去吃一顿，这事就算过去，而现在，他却是先让你冷静，听你讲清事情经过，帮你分析到底是哪里出了问题，你才发现，原来解决问题才是最主要的。你们也不会为了不开心出去胡吃海喝，而是累了倦了，他说你等着，我去煮碗面给你。

你曾期待，有一场浪漫的求婚，所有人都感动了，你在万人瞩目的情况下，点头含泪说我愿意，结果却是你们在吵架吵到大半夜的时候，突然决定第二天去领结婚证。

没错，这是我的经历。我想，这也会是你的经历。我跟朋友说，不必心急，如果现阶段遇到的人都不喜欢，不必怀疑自己爱无能，也不必悔恨，或许只是最适合的那个人还没出现。等他出现了，你的心刚巧也是空着的，你可以大方地跟他说一句：嘿，你也在等我吗，我有好多好多话，想要讲给你。

为了遇见对的你，我选择剩下自己

你们有和不爱的人交往的经历吗？

我有。

在2013年的时候曾遇到一个人，学历、工作、外貌、身高都很好，可就是没感觉，但为了尽快脱单，还是尝试和他相处了一段时间。

晚上为了来见我，又怕堵车，他从昌平骑着自行车一路到海淀，但我就是不感动，反而觉得多此一举。一起看电影，我们的笑点也不同，哭点也不同，很难融入到同一种情绪中。一起逛街，他看着我傻笑，我就会莫名委屈，终于有一天忍不住，跟他说了实话，我说我看到你冲我傻笑，我就委屈得想哭，总觉得是你拐跑了我，然后说着说着就哭了。

其实现在回想起来，会觉得抱歉。对方百分百对你好，希望用真情来打动你，你却无动于衷甚至感到负担，我不知道你们是否有过类似的经历。后来他说，罢了，强扭的瓜不甜，希望以后一切安好，从那以后再没有联系过。

落落的《剩者为王》中有句话，我特别认同：事业、加薪、变漂亮，都是拼搏可以换来的，那我就去拼啊。爱情不是，它应该本来就在那里的。爱情有时可遇不可求，你再努力去培养，也得不到想要的结果。

到了一定年纪，还会有种爱情是奢侈品的感觉，因为等不起。

前不久见了一位朋友，大我几岁，他说，我快要结婚了！我特别惊讶，我问新娘是谁？从来没听他说起过。他无奈地笑了笑说，我这个年纪，和你们不同，你们是确定了对象再定结婚日期，而我是定了日期再往里面塞人，话语中充满了无奈和认输。我丝毫体会不到他因结婚而产生的任何喜悦心情。

有的人毕业后圈子越来越小，再加上爸妈逼婚，就随便把自己嫁了；也有人病急乱投医，随便找个人恋爱，差不多的时候该结婚就结婚了。婚礼上像走过场一样认识下彼此的七大姑八大姨，而后开始柴米油盐的平淡生活。

《剩者为王》中，男二号什么都好，符合女一妈妈对未来女婿的所有幻想，于是他们交往了一段时间，却发现一场电影下来，两个人三观不同，除此以外，男二喜欢的电影角色正是女一讨厌的。男二说，比起浪漫，打个电话说老公帮我拿下快递，更让人觉得踏实安心。女一说，啊，平时我都找物业做这件事。终于她还是拒绝了他。

这世上的男女大抵都是如此吧，男生在爱人面前，会变成小孩子，女生也是如此，会有撒娇任性小公主的一面。这些属性平日里是隐藏起来的，我们在外面风生水起，八面玲珑，只有回到家，看到爱的人，才会卸下所有面具和光环，只做她的小王子、他的小公主。试想如果不爱，你撒娇耍赖，他时不时孩子气，恐怕会让对方分分钟厌恶吧？

电影结束，我问Z，你和我在一起，什么时候觉得很感动很踏实？他说是他发烧，我在一边耐心照顾，不断用毛巾为他物理降温的时候，接着他又一脸期待地说，还有一个，就是你为我买6s的时候。

其实我根本没给他买什么6s，他这是在给我挖坑。

他问我，你呢？

我说，是在前不久跟一个经理谈事，晚上从餐厅出来给你打电话，你说你就在我前方二十米的时候。那天非常冷，他怕我有事，因为我第一次和那个经理见面，所以让我发了位置共享，下了班就到附近了。而我从餐厅出来，他已经等了一个多小时。见到他的那刻，觉得这辈子都值了，有任何事都不怕。我接着说，还有一个时刻我特别感动。

他一脸单纯又期待地问我，啥时候？我说：我给你买了6s你却非要用它跟我换6的时候。说完我们俩笑作一团。

有句话叫没有该结婚的年龄，只有该结婚的感情。我不赞同一直等下去，所以我主张扩大圈子不断为自己、为爱情创造可能性。如果暂时没有遇到真爱，请不要将就，因为婚姻是一辈子的事，为了遇到对的人，剩几年也无妨。最后希望姑娘们都能嫁给爱情，男生们都能找到那个会容忍你孩子气，也会对你展示她小公主的一面的女生。

努力，才能距离美好的生活更近。

很多人问我：“总觉得你时刻都在享受生活，怎么做到的？为何我总觉得生活中有那么多的不顺心？爸妈逼婚，亲戚劝我回老家，男朋友不是我喜欢的，却不敢分手，怕再也找不到对象……”

你的生活状态是怎样的？是否过着自己想要的生活？年底了，平日里不喜欢反思的人都开始思考人生了，于是后台和邮箱多了很多“如何体”留言。我刚聚餐回来，喝了两大杯扎啤，微醺状态下就随便聊聊吧，潜台词是不要在意逻辑。

豆瓣被称为鸡汤文的聚集地，包括我自己，也被定义为鸡汤作者。我很认真地思考过这个问题，我真的在安利“努力就可以”吗？并没有，相反，我认为一个人只有努力是混不好的，想要混得好，除了努力外，最重要的是足够聪明。

我，包括那些鸡汤作者在内，想表达和分享的并非努力就可以，而是希望通过自己的故事，给读者传达一些思想和方法。每个人的生活经历不同，但年纪相仿的情况下，总有共通点。这里也感谢关注了就没有取关的你们，你们都是我的伯乐。有位读者说得好，她说我发什么都好，只要发了她就心安，觉得任何时候我都在。我也一样，我看到阅读数和留言就心安，因为我知道你们一直在。

好了，进入正题。

1. 明确自己想要的生活。

你知道自己想要什么样的生活吗？静下来想一想这个问题，非常关键。

2012年我刚来北京，不知道自己想要什么样的生活，也不知道是否有能力留在北京。甚至我在刚工作的前两年，没有上北京社保，因为我想万一有一天我要回去小城，那我的社保全部白上了。于是我每月提现，花了或者存起来。

两年后，我问自己，是否甘心回去小城？答案是否定的。

毕业前两年，我恋爱从不考虑结婚，我妈偶尔会问我，恋爱对象是一个怎样的人，我的回答是，我的恋爱和结婚是分开的，我不想在恋爱的年纪考虑婚姻，等我想要结婚了，我再告诉你具体对象是什么样。于是从那以后，我妈再没细问过我男朋友这件事。所以那两年，我的原则是开心就好，可以因为一个男生篮球打得好恋爱，也可以因为他笑得好看恋爱，我不会考虑世俗婚姻。当然，恋爱就意味着可能分手，所以我也哭过、伤心过、吃不下饭过，但那并不代表什么，经历过就好。

到了2014年，我想明白了，我要留在北京。这时候遇到一个问题，留在北京不能是我自己一个人的目标，如果你和我同龄，你应该会明白，当你想要过安稳生活的时候，两个人才能规划完美。我一个人再努力，也没什么动力。于是这时候，我需要一个能和我一起奋斗，并且有能力留在北京的男生。

再后来你们就知道了。人的圈子是有限的，更何况那时我只是一个小销售，好在我会讲故事。于是在豆瓣讲了一个关于我自己的故事，也吸引了喜欢这个故事的人。后来从中选了一个各方面都符合我要求，并且我喜欢的男生来交往，一年后顺利结婚。年前一次分享会，有个女生说，我这样找男朋友会不会太功利了。同台的另一个同事替我回答了这个问题，他说并非功利，而是通过大数据筛选，降低婚姻的容错率。我非常赞同他的说法，因为我比任何人都了解自己，我知道自己想要的生活是什么样，也知道和什么人在一起会开心，这样就足够了。至于别人说什么，我很少去理。我的想法就是，人生是我自己的，旁观者唯一能做的就是评头论足，即使说得不好，我也乐得一听，因为我还会开心快乐地过我的生活。

在一起两个月后，Z摇的号中签，买车的时候，Z说要买个奥拓占着车牌，我没同意，要知道女朋友是最有发言权的。于是买了新款捷达，不是豪车，但符合我的定位。半年后，我们在我爸妈的支持下，在我老家的小城买了第一套房，一年后，我们在北京附近的大厂买房，这套房目前已经成功升值近40万。一步步都在我的计划之内。没错，我承认这一路走来，Z更多的是参与，我是主导，但他乐在其中。Z现在说得最多的一句话就是，感谢老婆英明领导，才让我在短期内有了房和车。

我是金牛座，从来不排斥别人说我拜金，女子爱财取之有道，这是本事，没什么可隐藏的。

毕业的时候我想，二十七岁把自己嫁出去，现在我做到了，并且嫁的是自己爱的人，这是很难得的。我给我妈说我在豆瓣的经历，我妈乐翻了，问我累不累，一个人又当红娘，又当当事人，嗯，现在我很幸福。

Z说过一句话，我特别认同，他说我和周围的闺蜜都不是一路人，我们有着不同的性格不同的爱好，甚至不同的人生方向，但这丝毫不影响我们做闺蜜，但情侣、夫妻要想过一辈子，必须是一路人。Z说，很幸运，我们是一路人。

总结下：首先你要了解自己，问清自己想要过什么样的生活。其次找一个能和你一起奋斗、过上这样生活的另一半，而非直接提供给你优质生活的人。

2. 搭建自己的能力圈。

想清楚要过的生活，甚至很幸运有了另一半，这时候就可以规划未来了。

首先，如果你想要在北上广这样的城市混下去，甚至定居，那你需要给自己一个期限。拿我举例，我给自己三年时间，如果毕业三年依然看不到任何希望，那我会安心打包回小城生活。因为再过下去，除非我走狗屎运，要么接下来的日子会非常难熬和艰辛。所以我也是在第三年的时候选择转行，当下工作满足不了你的欲望和需求，就要求变。

工作没有高低贵贱之分，却有工资高低之分，发展好坏之分。有的工作干一辈子也就那样。努力只能在年底的时候评个优秀员工，但有什么实际意义吗？方向不对，努力白费，说的就是这个意思。

工作这个问题每个人情况不一样，不一一细说，但有一点要说，那就是当你不满意当下行业的时候，不妨着眼于更大的圈子，有时候放开格局，世界会大得不可思议。

有人说，靠自己，工作一辈子也买不起北京的房子，这句话我非常赞同。大家都不是出身名门，不能一辈子指望父母出资。爸妈给的是有限的，甚至在北京这种地方，大部分人的父母给的只能是杯水车薪吧。

有时候有人会说，在北京没意义，因为根本买不起房，以后孩子上学都是问题。其实真正能在北京买房的，混得好的，还真不是靠死工资的，这就又得说回能力问题了。

有时候选择婚姻伴侣，和做投资差不多。你等他是绩优股的时候，可能他觉得你是垃圾股，但你如果在他是潜力股的时候遇到他，并开采了他，那说不定未来有天他会变成蓝筹股。

认识Z的时候，他是一个普通职员，拿着互联网公司的平均工资，过着不咸不淡的生活，而我刚从销售转到互联网运营，过着低不成高不就的生活。后来呢？我们彼此激励，互相扶持走了两年，现在他涨了薪资，有了股票，我跳槽薪资翻倍，有了稳定的副业。

这不是偶然，而是必然。因为我们目标非常明确。如果你也在北京，又碰巧参加过我组织的线下活动，你会发现我们更多时候是夫唱妇随，出双入对。强强联合的生活，会以惊人的速度达到你想要的目标。

总结：能力圈问题，首先你要找到适合自己的工作。这里的适合，更多的是说薪资，福利待遇满意，而想要拿到符合的薪资待遇，除了努力，还要够聪明，找对方向。其次是除了工作，你要有其他本事，期权股票是一方面，如果你有其他爱好，不妨发展一个副业，也是极好的。

3. 人脉，见识。

人脉不多谈，我过去的文章里写过太多太多了。说说见识吧。很多人问我平时关注什么网站，我会说知乎。有人说你骗人，你上得最多的明明是豆瓣。没错，但豆瓣是因为我写作主阵地在那里，但知乎不同，知乎是我每天必看的论坛。因为可以扩大知识面。你会在聚会聊天中找到很多你不曾接触的谈资，而这会帮助你更好地拓展人脉。

和不同的人聊天，也可以扩展见识。比如前段时间，我说我在脉脉开通了咨询服务。有人说哎呀你太爱财了，几十块也不放过，这部分人在我看来就是傻，因为着眼处太低。说说近期的收获吧，当然钱是收获了，昨天败了一瓶香水已经花光了，最大的收获是见识和人脉。

我接的订单中，有刚毕业的学生，我乐意帮助他们，就好像平时我也会分享成长经历一样。学生咨询后，好评热度上升，会引起公司关注。近期接了好多家创业团队的咨询订单，他们非常诚恳地跟我讲他们的项目，我会在一问一答中思考，如果是我会怎么做这个项目，我把我拥有的资源和经验分享给他们，他们付了费，还要加个微信，以便日后联系，对他们来说，多了一个小顾问，对我来说，多了一条人脉。从大量数据和案例中，我可以分析出哪些需求是真实可靠的，哪些创业公司是真的没想明白就开始做的，这对日后判断公司、判断工作都是一笔小财富吧。

总结：多交朋友，多扩展人脉，多旅行，多长见识。看多了，思考多了，自然会总结到一套属于自己的方法论，并且这是良性循环。

4. 学会规划自己的生活。

我每年年初的时候，会给自己定大的规划，比如这一年要做几件大事，例如结婚跳槽之类，然后这些大事在这一年中会变成几个节点，我完成了，在这个大的框架下，我随便犯懒，任性撒泼耍赖，没关系，我给自己足够的空间。因为我完成了自己的计划。

不要做小的计划，那会让你感到累。每天想着计划都快累死了，哪里还有心思去努力工作。大的方向和框架没问题就可以了。也不要毫无计划，最讨厌的就是浑浑噩噩过一年，年底回头看，发现这一年跟过去的每一年都没什么太大差别。

我现在回看我这一年，除了自己规定的事情完成了，还有超额完成的，简直喜不自禁。我分析了原因，就是因为我定的是大计划，所以完成后我有了精力去做其他事。

最后，有人说，我爸妈说怎么怎么样，我亲戚说怎么怎么样。我想说的是，除了你自己，没人能决定你的生活。生而为人，就该为自己而活，开心就好。

洗洗睡了。晚安。

写于北京 2016年1月21日

一个小酒微醺的晚上

姑娘，你值得被温柔对待

1.

第一次收到R小姐的邮件，大概是一年前。那时候她第一句话就是："希望没有打扰到你。给你写邮件，完全是因为一时找不到合适的倾诉对象。"

R小姐说，她和男朋友是高中同学，在一起七年，高中恋爱在那个时候算早恋了吧？所以R小姐和男朋友从来不敢在大街上明目张胆手牵手，那时候的感情也是纯纯的，周末能一起出去逛个街、去个公园就很开心了。后来高中毕业，两个人考上了不同的大学，R小姐在北京，男朋友在深圳，就这样，他们开始了为期四年的异地恋。这四年，R小姐因为颜值高，性格又好，身边也不乏追求者，但是她都拒绝了。她跟所有人说，她有一个对她很好的男朋友，在深圳读大学，毕业就结婚。说这话的时候，她脸上总是洋溢着幸福。时间久了，仰慕她的人越来越多，追求的人却越来越少，想来也对，女神之所以是女神，就是因为不能长期留在自己身边，生活中有个交集就开心得不得了，况且女神是有男朋友的。R小姐像所有异地恋的女生一样，靠着每天一小时甚至几分钟的电话联系，硬是把这四年给熬过来了。

2.

四年时间说慢也慢，说快也快，转眼间，他们两个都毕业了，R小姐和男朋友都是山东人。照常理，两人毕业以后，即使不回老家，也该来离家近的北京发展，结果R小姐的男朋友立志要在深圳闯出一片天来。R小姐没办法，为了能够长相厮守，毕业当天就打包行李，直飞深圳。R小姐凭借自己在校期间的优异表现和姣好的面容，在一家外企的群面中脱颖而出，成为这家外企的行政人员，而当时的男朋友则做了元器件销售。

据R小姐说，深圳有个地方叫华强北，十个里面有七个是做元器件销售的，男朋友的工作竞争激烈。两个人虽然辛苦，但生活算是有滋有味。R小姐下班早，回家第一时间洗菜做饭，等着男朋友回来。最开始的时候，她男朋友对她还不错，发工资以后，会给R小姐买些小礼物作为惊喜，虽然不贵，却能使他们暂时清贫的生活多一丝幸福和乐趣。好景不长，大概同居两个月以后，R小姐的男朋友就开始不耐烦。因为经常需要跑客户，所以男朋友回到家以后，抱怨工作太累，客户太难搞，R小姐经常安慰他："这份工作是你刚入职不久的新工作，最好是能坚持一下，因为换一个行业，可能也是如此。等过几个月，如果还是不喜欢，可以考虑换换。"男朋友听后暴怒道："你每天坐在办公室里，怎么体会得到我的辛苦？你知道我每天为什么那么晚回来吗？还不是陪客户！我每天恨不得一天三顿都用来陪客户吃饭了！还有，哪里是吃饭，百分之九十的时间都是在喝酒拉关系，这些你永远不会懂！"

R小姐最初不急不气，只是跟他说慢慢来，他的苦，她都懂，只是眼下两个人远在深圳，没有一个认识的亲人，同学虽然很多，可都刚毕业，自顾都来不及，也帮不上什么忙。她男朋友最初也能听进去，总是在发脾气之后抱着R小姐哭，说自己错了，不该把自己的痛苦发泄到她的身上。就这样，两个人总在吵吵闹闹之后很快又和好如初。

可后来的日子，并不像R小姐想的那么容易，男朋友依然是陪客户，因为脾气暴躁，还经常得罪客户和领导，所以在公司里过得并不是很好，工作没做好，人际关系也很差，这使得原本难以进行的工作难上加难。男朋友回家就发脾气，R小姐做的饭，他总是挑毛病，不是咸了，就是淡了，就连葱放多了，都会成为这对小情侣之间的巨大矛盾。

事情越积越多，终于在一天午后，所有事情累计相加，被一根导火索引爆，砰的一声炸开了。

那一天男朋友回来，R小姐正在出租房门口喂一只流浪猫，那只猫看起来刚出生不久，因为流浪在外，白毛脏兮兮的，有些毛还因为遇水粘连在一起。R小妇心疼小猫，就在门口喂它一些吃的。谁知男朋友刚回来就看到这一幕，几步就走到R小姐的面前，一脚踢飞了那只可怜的小猫。R小姐彻底崩溃了，大声质问为什么要这么对它，它也是有生命的。男朋友冷笑道："我们自己都顾及不了，你还有心思喂流浪猫？你是不是每天闲着没事做，所以才这么多善心！”可能是心中怒气太多，男朋友用两只手捏住R小姐的双肩不断摇晃着，直到R小姐哭了，男朋友才放手。

“分手吧。”R小姐终于讲出了这句很久前就想说的话。男朋友没有一丝表情，说：“分手就分手，这样的日子，我也过够了。明天我就搬家。”R小姐说：“不必了，我明天就辞职，我回北京，你自己照顾好自己。今天我出去住。”R小姐拿了简单的行李就出门了，当天晚上，她住在了公司附近的速8酒店。她哭了一晚上，为这七年的感情，为毕业后不努力上进、频繁对自己发脾气的男朋友，为远行千里只为能在一起、结果却受尽委屈的自己。后来我索性加了她的qq，边聊边安慰她。她跟我讲述的时候，有些语无伦次，可能是因为伤心过度吧，她断断续续地说，我断断续续地听。她说男朋友变了，变得冷冷的，不再关心她，甚至在她周期的时候，出租房因为没有热水，男朋友还依然脱下当天的衬衣让她洗。自己烧水洗，男朋友会嫌弃她娇气，说出租房的房租贵，电费也是按照商业用电来算，R小姐说，她感到男朋友在毕业工作以后就变了，变得钱财大于一切。

我问R小姐，你现在还爱他吗？qq的那头，迟迟没有回复。第二天一早，她发qq给我，说不爱了，爱不起了。原以为自己会一直爱他，发生任何事情，都愿意陪着他，可这半年来的生活，争吵不断，频繁因为一点小事就发脾气的他，已经把我对他最后的一点爱情都消耗掉了。R小姐继续说："我回去出租房拿东西的时候是早上七点，他醒了玩着手机，直到我离开，他都躺着装作没看见。"

她从没想过两个人会走到这一步。我当时劝她，如果真的做好了跟过去告别的决定，就彻底放下吧，去过新的生活，未来会遇到一个值得爱的人。她没有回复我什么。

3.

时间一晃过去一年多，我一直以为，作为一个陌生人，我跟R小姐的交集早已经止于一年前她回去山东的那个时候。前几天我又收到她的qq，心情很好的样子，问我公司地址，说要给我寄老家的特产，还告诉我，自己要结婚了，结婚对象是大学时期一直追求自己的一个老乡。我迫不及待地想听后来的故事，她就缓缓讲给我听。她说未婚夫是大学时追过她的一个老乡。大学时她有男朋友，所以对现在的未婚夫也没有太多了解，谁知未婚夫得知她有男朋友之后，并没有放弃，而是一直默默关注着她的微博、qq空间和人人，得知R小姐分手飞回山东，他便在第一时间跟R小姐取得了联系。

R小姐当时用了两个月平复心情，未婚夫也在这两个月里一直隔空陪着R小姐，有时候发个qq，就说北京天气很好，很适合出去走走，期待R小姐快快好起来，他想带她去看樱花。或者是看到一个微博小段子，也发给R小姐，时间久了，R小姐慢慢跟着未婚夫走出了失恋阴影，并且慢慢变得依赖他。R小姐真正和未婚夫在一起，是因为两个月后重振旗鼓，来北京面试，未婚夫提前帮她订好了酒店，房间的桌子上，放着R小姐大学时期喜欢吃的零食，其中包括最爱的杧果。R小姐看到杧果，瞬间就哭了，因为在深圳的时候，她和男朋友因钱不多，从来不买水果，R小姐偶尔买个杧果，会被男朋友说："都是水果，偏偏要买贵的，现在条件没那么好，买苹果就好，干吗非要买杧果？"

而现在，面前的这个男人，居然过了这么久，还记得大学时期她的喜好。未婚夫看到R哭了，以为是自己做错了什么，急忙说对不起对不起，不知道哪里做错了，希望R能原谅他。R看他着急的模样，破涕为笑，说自己愿意做他的女朋友，但是要考察他一段时间。未婚夫当时开心得又蹦又跳，像个孩子。

两个人在一起的这一年，未婚夫从来不让她用凉水洗衣服，周期的时候，还会给R小姐冲姜糖水，笨笨地告诉R小姐，可不是因为有过很多前女友所以懂这些，而是他一点一点在网上查的。R每次看到未婚夫笨笨傻傻的模样，就忍俊不禁。交往一年以后的圣诞节，R小姐被未婚夫拉着去了王府井大街，那边有一棵高高的圣诞树，未婚夫说圣诞树下有圣诞老人送给R的礼物，R小姐就带着好奇心，走近那棵树，发现树下真的有一个小盒子，包装精致，打开一看，是一颗好大的假钻戒。R小姐正要问是怎么回事，就看到未婚夫从自己的西装里掏出一颗真的钻戒，单膝跪地。刚做好求婚姿势，就围过来很多路人，未婚夫有些紧张，说："R，我知道，你有一段刻骨铭心的初恋，我也知道你用了很久才走出来，可你不知道，我从大学时候开始就喜欢你，看到你分手，那一刻我并没有因为你终于分手、我终于有机会而感到开心，恰恰相反，我因为你的难过也变得不开心，确切说，是心疼，我心疼你受了那么多委屈，我想照顾你，想求你给我这个机会。这些话我从不敢讲，我怕你想起那些过去。跟你在一起的这些日子，我越来越确定，我很爱你，想要永远照顾你。哦，其实我要说，钻戒，你手里拿的那个是假的，因为我怕弄丢了。我这个才是真的，你看，是你曾经说过喜欢的款式，一周前我趁你午睡，按照店员教给我的方式，用线量了你的手寸，希望你可以接受它，哦，不，是接受我！”

他语无伦次，此时的路人越来越多，大家都叫嚷着“结婚，结婚”，R小姐双手捂着嘴巴，不敢相信眼前的一切。她看了看围观的路人，路人都纷纷坚定地点头。R小姐转过身，让他起来，未婚夫着急地说：“你不答应吗？你还是不想嫁给我对不对？！”R小姐这时候已经踮起脚尖吻了过去，在未婚夫还未反应过来的时候，说了句：“我愿意嫁给你！”

未婚夫抱起R小姐原地转圈，大叫大嚷：“哦，哈哈哈，我的女神终于答应嫁给我咯。”众人正鼓掌欢呼的时候，未婚夫却放下R小姐，自顾哭了起来，他含糊不清地说：“我以为我娶不到你，我以为你不会答应，我害怕，害怕我的求婚不够好，我怕你会说我俗套，我三天前过来，想把真的戒指放在这棵树下，又怕工作人员给我收走，我还怕丢了。所以我买了那个假的戒指。R小姐破涕为笑，擦了擦未婚夫的眼泪说："傻瓜，你怕什么，这些都不重要，重要的是，我答应你了，不是吗？"

此时的路人也有很多都哭了，也许是为了这段感人的求婚，也许是为了未婚夫的坚持不懈，也许是为了自己那逝去不忍追忆的初恋，也许是为了自己这些年终于等来身边重要的人的喜悦。

作为一个在一年前听她讲述自己痛彻心扉初恋故事的陌生人，我真的很欣慰。历尽千辛万苦，她终于遇到了对的人。R小姐的故事不会结束，生活也还在继续，未来的事情，也充满了不确定。她的故事让我想起了很多身边的朋友，曾经因为初恋时不懂爱情，不懂如何跟对方表达自己的心情，遇到事情喜欢走极端，最终失去了当初那份纯真的爱情。可后来，大多数人都又恋爱结婚，过着幸福的日子。所以我在想，所有好姑娘，永远都值得被用心对待，好姑娘，最终也一定会收获幸福。有些人就是这样，相遇的时候很美，可就是走不到最后，有些人相遇的时候，并未在意，可就是能陪你走一生。祝福R小姐，也祝福所有美好，相信爱情和幸福终会降临的好姑娘，你们都值得被温柔对待。

关于情人，你不要等，要找

有好事者曾计算过，人一生中会遇到很多人，这些人中，有的会成为朋友，有的成为兄长，有的只是擦肩而过的陌生人，而在可选择范围内两个人相爱的概率是0.000049（百万分之四十九）。单身们刚经历过春节父母的催婚，又要面临即将到来的情人节虐狗，于是有很多人站出来高喊单身无罪，单身也可以过得很好，最后再来一剂鸡汤，告诉所有单身，结婚的不一定幸福，有伴侣的不一定自在，也有人搬出冰心和铁凝的故事来说明，情人这种生物，你不要找，要等。

我不同意这个观点。

暂且不说铁凝有多出众多优秀，才能在性格稳定成熟、事业如日中天的时候遇到真爱华生，我们普通人如果每天宅在家里，每逢佳节被朋友圈里的秀恩爱情侣狂虐，恐怕永远也找不到真爱。并且，我个人觉得冰心说的你不要找，要等，并非指的是不要寻找，而是说不要为了找男朋友而找男朋友，而是要跟着感觉走，找一个惺惺相惜、心意相通的人过一辈子。

我有个闺蜜，毕业后曾频繁更换工作。记得那时候我经常说她换工作速度太快，还没学会一项技能，就又离开了熟悉的岗位，而她也经常反击我，说我换男朋友的速度不比她换工作的速度慢。

其实说实话，那时候真的有认真思考过她这句话，现在回想起来，不觉得有什么错。她说得没错，我做得也没错。如花的年纪为何要有空窗期呢？生命不息，恋爱不止，只有经历多了，才能知道自己想要的是什么样的另一半。有的人没在一起之前，你认为他很适合你，但当真的走到一起，两个人以情侣身份自居，会暴露所有优缺点，这时候磨合得好，就一直走，磨合不好，好聚好散也并非坏事。我从不认为失恋或者分手是坏事，正因为有了那些经历，才能在遇到对的人的时候，火眼金睛看出他是你想要的人，是可以过一辈子的人。

年三十那天，有位好友打电话给我，说虽然不该在除夕给你添堵，但实在没其他人可以诉苦，于是我就在爆竹声中陪着她话家常。

暂且称她为A吧。A今年二十七岁，结婚一年多，孩子满月不久。上学的时候，爸妈不允许她恋爱，说好好学习，毕业后有的是好男人。A毕业后一直在北京打拼，因为从没有过恋爱经历，再加上人比较宅，所以一直没有男朋友。从A毕业开始，她的爸妈就一直在催她回家，一方面是认为她在北京生活无依靠，留在北京简直天方夜谭，另一方面父母觉得身边的人都结婚生子了，女生年纪大了不好找对象，于是就一天一个短信、三天一个电话地催，最终A受不住父母和亲戚的游说，回了老家，在爸妈的安排下，很快和一个相亲对象结了婚。

用A的话来说，从认识到领证，他们见面不超过五次，她甚至不知道他过去的经历，只是简单了解对方家庭和经济实力。本想着这样就可以开始柴米油盐的平常日子，结果迎来的却是因丈夫无能而公婆又多事刻薄的婆媳大战。

两家人虽然不住在一起，却在一个小区，婆婆有家里的钥匙，隔三岔五就来为儿子收拾，名义上是关心照顾，实则却是强势干涉小两口生活。A老公愚孝，认为妈妈没坏心，都是为了这个家好，于是处处向着公婆，A在家里受尽了委屈，她想着有了孩子应该就好了，却没想到并非如此。怀孕期间公婆小心伺候，不敢多言，结果孩子出生后公婆又换了态度，原因是嫌弃她生了女儿，于是孩子还未满月，A身体还没好利索，公婆就开始催着她出去重新找工作。家里的家务，公婆过来也是处处挑剔，不是嫌弃儿媳没擦干净地，就是嫌弃她起得太晚，没给儿子按点做早饭。

新年原本该一家人热闹团聚，她却躲在房间里哭着给我打电话，理由仅仅是小姑子回家过年，她做了一桌子菜，有两个菜忘记放盐，婆婆便当着所有人面，很严厉地说她一孕傻三年。人的忍耐总是有限度的，但生活是现实的，女人有了孩子以后，就会有数不清的牵绊，于是开始了无限忍让和妥协。

A最后说了一句话，作为朋友我特别认可。她说早知道今日，就该在有限的时间里好好恋爱，起码要嫁给自己熟知的人。从相识到结婚，恋爱是不可或缺的一部分。恨自己没有抓紧时间去恋爱，所以到了最后，只得被父母催，只得听从他们的安排，而后的生活，也只好这样。

我妈有个同事，送儿子上大学的那天，只嘱咐了一句话，不是好好学习，而是先找一个自己喜欢的女朋友，原因是他妈妈认为大学就该好好恋爱，去学校第一件事就是要搞定女朋友，不然只能选人家挑剩下的了。这位妈妈的想法着实可爱。恋爱就是如此，恰当的时机，越早经历越好，越早懂得爱和被爱，将来幸福的几率也才会尽可能地大。

不能说自己恋爱最终结婚的情侣都会幸福，但确实可以大大减少婚姻的试错率。而且即使自己选错，我认为也能承担得心甘情愿，毕竟是自己的选择。

昨晚，爸妈和我还有Z四个人打麻将，结束后我窝在沙发上刷朋友圈，他们三个意犹未尽地围在桌旁继续掷骰子，比大小，嘻嘻哈哈好不热闹。回想两年前，我妈拉着我看她新买的两个物件，一个是麻将牌，她说我大了，等有了女婿，我们就可以四个人一起打麻将了！另一个物件是挂烫机，她当时说，未来女婿来了，万一要熨衣服，方便！说这话的时候，我还没找到一个靠谱的男朋友，而如今，他们已经玩成一团了。

新年来临前，我和Z带着爸妈出国旅行，我们四个都玩得很开心。用Z的话来说，他更像爸妈的亲儿子，因为我只管看风景，而Z还要关心他们饿不饿，渴不渴。从金东尼人妖表演出来的时候，简直人山人海，我回头看Z，他拉着我妈，并冲我摆摆手，乐呵呵地跟我说，放心往前走吧，爸在旁边，妈我拉着呢！再看我爸妈，一脸放松，边走边看边乐，那时候只想到两个字：完美！

单身无罪，单身也可以过得很好，我承认，但当我们到了一定年纪，除了亲戚关系、朋友关系，我们还需要恋人关系。你可以在累的时候有个肩膀依靠，可以在做噩梦后摇醒枕边人，他抱着你说不怕，有我呢。那是一种何等的心安？你可以在获得任何成就的时刻，都仰着头求夸奖——有些东西，只有恋人能给。

有人说，在遇见对的人之前，好好过生活，努力成为更好的自己，才能在遇见他的时候，不卑不亢，华丽地站在他面前。我同意，但我更想说的是，在慢慢变好变成熟的过程中，你也要时常擦亮眼睛，看看未来要和你携手一生的那个人，是否已经来到你身边了，也要时常从人群中跳出来，好让正向你赶来的人，一眼就看到你。

这样，才能不错过任何机会，遇到未来的ta。

如何才能扩大圈子交到朋友？

讲述：

蓝田姐姐，说句心里话，其实对于交友这个问题我一直很不解，我不懂怎么去交流，怎么拓展自己的朋友圈，对自己也不够自信。来现在这个城市已经快两年了，可是身边的朋友真的是没有几个，所以不管去哪里，几乎都是一个人，要不就是待家里看看书玩玩手机。我其实很想找和自己有相同兴趣爱好的，但就是没有。我想能和朋友一起看好书看好文章，去看好风景，而不是我一个人。我也有自己一个人的享受，那种感觉不是很好。也许我要试着去享受，但希望你能给我点小小的建议。谢谢。

2011年9月，距离我大学毕业还有半年。我在上海接到天津面试邀约，于是提前结束了社会暑期实践，拖着行李只身去了天津，人生地不熟，并且没有一个亲戚朋友在那边接应我。那一年我21岁。

面试很顺利，当日就拿到了offer，于是我成了一家小外贸公司的业务员。公司很小，总共五个人，只有我一个女生。我办公的地方在一个三层小楼上，一楼是商户，二楼办公室，三楼是住宿，但因为我是女生，所以公司为我在附近单租了一个一室一厅。

在陌生城市最大的挑战就是没有归属感，甚至没有可以陪你聊天的人。不过，一切都只是暂时的，人与人之间的联系都是循序渐进的。

入职满月的那天，我请公司同事一起去KTV玩了一下午，同时也让同事喊了几个他们的朋友，于是圈子就稍微扩大了一些，跟大家也更熟悉了。渐渐地，我们除了是工作上的好伙伴，还是生活中的好朋友，经常下班后去天津各处逛。

再后来因为业务关系，我认识了几个货运代理，我在北辰区，周末会去其他各区找货代玩，于是圈子更大了。

楼上住了一个比我大十岁的女人，我们经常见面，她冲我笑，于是我每次都会跟她说你好，但除此之外，我们很少讲话。有一日我去水房洗拖把，刚巧碰到她和她妈妈出来，我在前面走，听到她们在议论我的外套。又过了几日，我在楼道碰到她，她欲言又止，我问她，你是有话要跟我说，对吗？她略害羞地说："前几日我买了一件跟你差不多的外套。"

女人是世界上最奇妙的生物，但凡有一个共同点，都可以瞬间拉近距离。于是我很好奇地说，在你房间吗？穿上让我看看！

说罢，她便开心地拉着我去了她的房间，拿出还没有剪掉吊牌的衣服，给我展示起来。我在一边看着，比划着哪里跟我一样，哪里跟我不同，不同的地方我会说你这个设计我更喜欢。她更开心了，试完衣服又拿出一个相册，说我给你看看我家小孩！于是整个中午我们都在欢声笑语中度过。再后来我偶尔没事就会去找她聊天，又因为她，认识了她周围的几个邻居，虽然大多数人只是见面寒暄打招呼的关系，但就是这样的小插曲，也让我在天津枯燥的工作变得有意思起来。

后来我离开了天津，到了北京，认识的人也越来越多。我回想了下，现在交往的人里面，大多是新认识的，北京不比小城，出门在外，你帮我我帮你很正常，随着圈子的变化，你会认识，也需要认识各种不同的人。

如何去拓展圈子？除了各种渠道的牵线搭桥，还需要为不同人付出不同程度的真心。每个人的精力都是有限的，你不能平分自己的精力给每一个你认识的人，具体如何去权衡，需要根据自己的需求来。

说说不自信这回事。我个人认为无论是谈恋爱，还是交朋友，首要条件都是你本身得是一个有意思的人。每个人都可以有很多标签，你要做到每个标签都可以吸引一部分和你有相同点的人。

比如我的标签：理财，烘焙，写作，运营，喜欢组织活动，乐于倾听等等，每个标签都可以为你吸引一些人，然后在这些人里，去挑选你真正想要发展成为朋友的人，和喜欢理财的人约个下午茶，和喜欢烘焙的人一起组织一次小的轰趴，听喜欢讲故事的人讲故事，然后和喜欢写作的人一起把故事写出来，推出去。而所有这些，你会发现他们不是独立存在的，而是融会贯通，可以彼此有交集的。

我的建议是：多接触一些事，多认识一些人，这样生活才会每天都有不同。如果喜欢读书，可以把读书笔记写下来，发表在豆瓣、简书这样的地方。时间久了，你会认识一些和你有着共同看法的陌生人，而这些人里，总有一些有缘人可以成为你一辈子的朋友；如果喜欢旅行，可以加一些驴友群，或者豆瓣小组，保证安全的前提下，和陌生人一起出行也是很有意思的。如果你的工作和我一样，需要经常和同行交流合作，那可以加一些行业群，扩大圈子的同时，说不定还找到了下次跳槽的机会。何乐而不为？

你那么好，为什么没有人喜欢你？

周日A君跟我吐槽，上周参加了某知名互联网公司的相亲大会，主办方去的大多是男生程序员，其他参与相亲的人基本都是其他公司的单身女生，但基本上没有成的。

我很好奇，按理说大家都是抱着找男女朋友的心态来参加相亲大会，男女比例基本1：1，为何就是没有彼此喜欢的呢？A君说主要是女生都看不上那些男生。我更好奇了，奔着结婚去的女生们，大多会考虑很多现实问题，既然如此，互联网公司的程序员，大多单纯又多金，为何不喜欢呢？

我们先来看看男生们的表现。

A君说就一个原因，太屌丝。

经常有人自嘲是屌丝，但那些人基本上条件都不错，那为何别人对他们也有这样的评价呢？

A君参加的这次相亲，有个环节是八分钟交友，全场女生两个一座，女生不用动，每过八分钟，男生们就要换到下一桌去和女生们交流。

某男：你好，我是某某某，在某公司做程序员，我很屌丝，周末基本不出去，喜欢在家宅着玩游戏。（我会想如果我们恋爱了，生活一定会很无趣。）

某男：你好，我经常加班，你看到我的黑眼圈了吗？其实我也不想的……（八分钟这么短的时间，你居然用来吐槽自己的工作。）

某男：家里催我来找女朋友，这是我的第n次相亲了……（相亲这么多次都没有人喜欢你，那我理当也不会喜欢你。）

某男：我对女生没有什么要求，只要能过日子就行。（虽然来相亲，但我希望婚姻里有爱情，而非搭伙过日子。）

某男：恋爱经历？嗯，我只谈过一次恋爱，现在还没有完全忘记她。希望有新的恋爱能帮我走出来。（谁愿意做另一个人的影子？既然没忘记，就等忘记了再开始恋爱好了，我又不是圣母，没有拯救你的义务。）

不知道你们看了是什么感受？对，他们说的可能都是实话，但如果你的相亲对象是这样的，你愿意和他继续聊下去吗？

A君说，自称屌丝的那个男生，跟对面女生要微信号，结果女生没给，斜对面女生也不给，最后是同座的男生很给他面子，加了他微信，我说这剧情是要往好基友发展吗？

相亲给我的感觉就像面试，双向选择。第一印象很重要，试想你如果去面试，你会在第一时间把自己的缺点都暴露给对方吗？你肯定会告诉对方我有哪些优点，让对方联想跟你在一起之后，生活会是怎样的。如果太无趣，甚至比单身的时候还要无趣，那为何要在一起呢？

找工作也是如此，优势用来当敲门砖，给自己赢得进入公司的机会，那些劣势，日后工作中慢慢磨合改正即可。当然如果你确实有致命的缺点，还是早点坦白比较好。相亲也是如此，上来就说我缺点有哪些，然后对自己的优点一概不谈，对方是第一次认识你，ta所了解到的你，只能通过你的描述来判断，所以你怎么介绍自己，很重要。

给大家看下Z当初是怎么介绍自己的：1. 硕士刚毕业，进入一家知名互联网公司工作。（交代自己的学历和工作，我曾经说过你一点都不谦虚，还知名互联网公司，他说我当时想一定很多人给你发邮件，我这样写，你才会更注意到我。嗯，我承认，确实如此。）2. 经人介绍，我见过几个国企的女生，但我不喜欢她们的生活方式，我喜欢你这种有干劲有想法的女生。（表达对方给自己的印象不错，跟其他人区别开。）3. 曾经有过一次异地恋经历，分手也是因为万不得已，有人说做我的女朋友会很幸福，因为我会对我认定的人很好。（讲明恋爱经历和分手原因，并告诉对方，如果你是我女朋友，我会对你好。）4. 不能保证我们彼此都来感，但希望起码会成为很好的朋友。（给自己留退路。）

最终确定和他在一起，也是因为后续见面觉得彼此都很喜欢很搭，后来恋爱结婚，也经历很多磨合，但都爱屋及乌，连同对方的缺点一起接受包容。

女生大多喜欢幻想，即使到了不相亲就不能嫁出去的地步，依然会对爱情抱有幻想，至少我是如此。到了一定年纪，开始以结婚为目的的恋爱，除了考虑各种条件，还会在意是否有感情。很多人说没感觉，其实就是说没有想和对方恋爱的感觉。

也劝大家不要放弃，没有爱情的婚姻，真的很可怕。不要因为家里催，就匆匆找个人嫁了，婚后的日子，如果没有爱，会变得单调乏味。找个自己爱的人一起生活，应该算是人生中比较重要的一件事。

我和Z每天都有说不完的话，晚上不看电视的时候，我们两个人会玩uno（一种桌游），会玩一个比划一个猜，会一起笑到躺在床上坐不起来，会在地铁上讲接龙故事，每人一句话，控制剧情发展直到下车。试想如果我们彼此不爱对方，只是为了搭伙过日子，一定不会把生活过得如此有滋有味。

再来说说女生吧。

我觉得女生最可怕的是很优秀，但没有自己的特点。就好像你各方面都很好，但是别人聊起你的时候，不知道给你打什么标签。我们经常会组织很多朋友一起出去玩，回来以后我会问Z你记住了几个女生。Z回想一下，能说出来的都是比较有特点的，有些女生也很好，性格好，人也优秀，但就是不能被人记住，为什么？因为没有自己的特点。

我身边很多人都是这样，甚至很多同学经常抱怨说自己的同学不比自己优秀，哪里都不如自己，但一个一个都结婚了，自己依然单身，甚至这么多年，连一个追自己的男生都没有出现。如果真的不是很差，那可能就是因为你太没有自己的特点了。

做一个有辨识度的人，会在恋爱和工作中顺利很多。Z说他作为男生特别认同这一点，之前相亲也是如此，你说不上对方哪里不好，并且很多时候，对方女生都是大家口中的好女孩，各方面优秀，但自己就是不喜欢，没感觉，原因就是太平淡了，像白开水，食之无味，弃之绝不可惜。

如何才能有辨识度呢？并不是要大家都去学习某个女生，而是在保持自己个性的基础上做出一些改变，让自己有特点。比如很会穿搭，比如厨艺不错，比如喜欢运动热爱室内攀岩，比如手工diy做得不错，比如集体野餐的时候，给大家每人带了一份湿纸巾。总之要让自己和其他女生区分开，让别人有能记住你的记忆点。

女生在介绍自己给对方的时候，也要注意不要对自己的缺点滔滔不绝，而是要给对方多展示自己的优点。有人问我，如果第一时间没有告诉对方自己的缺点，那日后交往的时候，对方嫌弃自己怎么办？如果你们在一起了，你有缺点，他爱你，他会帮你改正，而非嫌弃你，但如果你第一时间只说自己的缺点，连交往的机会都不会有。

借此机会，也分享几个我能收到很多邮件的原因。

1. 父母在，不远行。（告诉对方我不会离开北京，如果你没有意愿和我一起打拼，努力留在北京的决心，那我们不合适。）

2. 前段时间在二环租房的中介跑路，房东让我们搬家，我找房子、搬家、装饰新家，没觉得辛苦，以前二环房子厨房的灯坏了，我自己合闸把灯泡换了，没觉得辛苦，直到有一天，我画了一幅彩铅画，开心之余扭头想要找人分享的时候，却发现没有一个人可以夸我两句，或者给些建议，那时候我觉得身边有个人，真的很重要。（前半段表示自己虽然单身，但很坚强，后半段把对方带入进来，让其产生单身的时候没有人分享很糟心的共鸣。）

3. 我喜欢下厨房，也喜欢一群朋友一起聚餐的时候，自己能做出几个拿手菜来跟大家分享。目前最大的梦想是，能和自己未来的婆婆过年的时候一起包饺子。（男生大多喜欢yy，那我就帮他yy到底，描绘一个他现阶段会期待的画面给他看，跟婆婆包饺子，说明我不会是一个很喜欢争执是非的人。男生大多担心婆媳关系，这里消除顾虑，表达自己会很孝顺。）

4. 我性格很好，但也会任性，发脾气，但如果你喜欢我，就得忍着我让着我。（女生还是要有点小脾气的，太温顺的女生适合搭伙过日子，不适合恋爱。）

5. 自己感觉毕业两年，也沉淀了很多，无论是从性格还是工作，都基本稳定了，现在什么都齐了，就差一个人，风雨同行。你做得到不离不弃，我也能做到生死相依。（告诉对方我不是随便玩玩的，如果交往，你也要认真，抱着十万个真心来对我。）

Z说我是个聪明的女生，我日记里提到的那些点，刚巧都满足了他对女朋友的幻想。

现在我们领证了，我和他妈妈的关系就好像女儿和自己的亲妈。Z忙的时候，我会打电话给他妈妈，家长里短陪她聊天，她说我像她女儿，不像儿媳妇。有时候也会小任性，跟他妈妈撒娇撒泼，然后Z妈妈就会假装嗔怪我说：哎呀你个死丫头！Z说他很幸福，因为我和他妈妈相处很好。

前段时间，在论坛说要给婆婆买项链，有个女生就说自己结婚的时候婆婆都没给自己买，自己也理当不会给她买。我说我们买房的时候，婆婆把家底都掏给我们了，将心比心，我们就该对她好，不能什么都和身边的人比，人家要彩礼，你也要，人家要车你也要，父母都是爱孩子的，给得起的都给了，如果给不起，她们心里也会难过自责。何必为难她们，明明都是一家人，很多人说没办法把婆婆当成自己的亲妈，我也理解，因为有时候你想把她当亲妈，她不一定把你当亲闺女，我很庆幸自己的婆婆很好相处，让我能够把她当自己的妈妈一样去撒娇撒泼，去聊天讲心事。

洋洋洒洒又一大篇。可能有很多并不是很正确，但这是我个人分享，希望正在经历相亲或走在相亲路上的你们，能够避免那些错误，把本来就很优秀的自己展示给对的人看，希望不要因为不会表达而错过对的人。

做最好的自己，才能遇到最好的别人

“与其每天期盼着能遇到一个梦想中的男人，不如自己变成梦想中的那个人。只有自己够优秀了，才能有资格遇到未来最好的那个Mr.right。”好友晓雯如是说。

大学毕业工作两三年之后，我们几乎所有人都按照家人和朋友的期盼，结婚的结婚，恋爱的恋爱，只有晓雯依然高傲地单着，她说自己不恋爱的原因是，现在的圈子里，没有一个配得上自己的男人，并且这么多年，也没有一个男人想要自己未来和他生活在一起。

她并不是没有恋爱过，也并不是从一开始就持这个态度。大学的时候，晓雯有一个对她很好的男朋友，两个人也算是神仙眷侣，但在大四的下半学期，大家都开始找实习工作的时候，晓雯的男朋友突然告诉她，自己要出国读研了，家人希望他未来可以留在国外。晓雯听到消息的时候，感觉像是晴天霹雳，但很快就接受了这个事实。

大学的时候，晓雯是一个很依靠男朋友的人，任何事情都喜欢交给男朋友去做。大四男朋友因为出国变成了前男友，晓雯也就转变了恋爱的态度。她觉得男人靠不住，自己辛辛苦苦培养了四年的男人，出国以后就不属于自己了，但她依然相信爱情，理解前男友的做法，因为二十二三岁，大家都不稳定。

从那以后，我们任何人恋爱、分手、结婚，晓雯都淡然看待，该随礼的随礼，该参加婚礼的参加婚礼，就是不对任何男人动心。毕业以后，公司也有几个男生对晓雯表示爱慕，但她始终没有答应，她一直都觉得，自己还不够优秀，还没有达到想要的高度，而圈子里现有的男生也没有她喜欢的。

当我们所有人都结婚生子恋爱约会的时候，晓雯选择去参加培训、健身，甚至参加住处附近的英语角，正当我们所有人都以为她要孤独终老的时候，她群发了消息给我们所有人，说自己恋爱了，要我们祝福她。

大家为了庆祝她单身三年之后终于又恋爱，组了局吃饭聊天，其间晓雯带了自己高高帅帅的男朋友。艳羡之余我们问起他们的故事，原来晓雯现在的男朋友是在健身房认识的，男生也并不是最初就喜欢上晓雯，而是大家都在一个健身群，每天一起健身，没多少感觉，私下里也没有交集，而男生每天刷朋友圈的时候发现，这个单身的女生跟其他女生有点不同，她工作日会晒自己早起做的早餐，周末也不会晚起，偶尔做个烘焙做个美食，都会晒在网上，晓雯还养了一只猫，她曾发过猫的图片，配的文字是：希望未来的自己，可以像自己的猫一样，自得其乐，独立于主人，即使自己在家，也可以有属于自己的小幸福。

后来男生私下里听了一些关于晓雯之前感情的事情，更对她怜爱起来。一来二去，便喜欢上晓雯了。

我身边的很多单身，都在抱怨命运不公，为什么没有遇到一个极好的男人来跟自己相伴，却从没有想过要把自己变得足够好。

办公室里一个姑娘，没事的时候就喜欢问我，你说未来找个什么样的老公好？是跟自己的性格相符，还是不同于自己的性格，好两个人互补？为恋爱做的唯一一件积极的事情就是依然相信爱情会降临，每天幻想未来的爱情和爱人会是怎样，却从不付诸行动，把自己也变得更好一点。

晓雯和办公室女孩，是生活里两个很常见的例子。我一直认为，努力的人永远都会被各种幸运所照顾；不努力的人，也只能停留在幻想阶段。所以，恋爱也是一样，在没有遇到那个对的人之前，做好自己，让自己变得更好。

听说你还没有男/女朋友?

女生:

我怕我交到的男朋友都是渣男，所以不敢轻易恋爱。（姑娘你想太多。）

我身高158，但我想要找个180的男朋友！（180的可能还想找个170的女朋友呢！）

对男朋友的要求？帅就好啦，其他都ok。（先确定下自己美吗？）

我在小城生活，很反感相亲，认为那是明码标价的交易而已。可我也到了该恋爱结婚的年纪，我该怎么办啊！（相亲又不是见了就要定，一个认识人的渠道而已，怕什么？）

男生：

我觉得我还没忘记前女友。（祝你孤独一生。）

我希望她貌美如花。我身边的女生都太没气质了！（也麻烦照下镜子先。）

我还没想好找什么样的女朋友。（你慢慢想，等乖巧可人的妹纸都被挑走了你再来决定。）

我现阶段要工作，要买房，很大经济压力，此刻的我不适合恋爱。（恋爱和奋斗是冲突的吗？更何况，这是有多小气？买得起房子却买不起电影票吗？）

我觉得大家暂时单身的原因都差不多：一是圈子小，二是对自己定位不明确。

总有些人在不断相亲，不断试错，最终两三年过去，依然单身一人。

先来说说圈子问题。有位朋友说，父母希望自己未来回到小城生活，不允许自己远嫁，那这类人就不该考虑自己在工作城市找什么交际圈了，因为大家来自天南海北，没法达到首要的要求。这类我认为可以接受家里安排的相亲，很多人排斥相亲，而我不。我觉得但凡是能扩大交际圈的，都不是坏事，见个面而已，又不是直接去领证。见面如果彼此喜欢，就交往，如果一方不满意，大不了做朋友。

还有一种是类似我，未来不会回去小城生活，父母比较开明，我妈说我幸福就好，嫁哪里无所谓，我自己呢，不会离开北京。所以跟我一样的姑娘，我觉得家里安排的相亲就不要去了。

大城市平台和渠道更多，抛开那些交友网站，如果你是互联网行业，就去加互联网行业的群。销售群、各种行业群、运营产品技术群、知乎群等等，去参加群里的各种线下聚会，我认识的不少朋友，结婚对象都是本行业聚会认识的。一来有共同语言，二来是同一层次。我参加过很多培训和聚会，认识的人没有做男朋友，但也都成了生活中很好的朋友，他们在北京都身处各职，总有你会用到的地方。

很久之前听过一个“六人理论”，大概意思就是，你想要认识世界上的任何一个人，都可以通过六个人和他取得联系。开始我不信，直到上周我组织了一次陌生人聚会。聚会上我安排了一个环节，每人发言介绍自己，然后大家对这个发言人提出自己想要问的问题。类似答记者问。可以问你是否有男朋友，也可以问你现在工作中最大的乐趣是什么。结果就是今天公司群里领导问，是否有渠道联系上艺人经纪人，刚巧陌生人聚会里有一个姑娘就是做这行的。懂了吧？圈子就是不知不觉中积累起来的。

其次是要求，我觉得合理的要求都该有，但如果你说你要求对方长得帅，跟李敏镐一样，那我认为这就不合理。有些是硬性要求，必须达到；有些是软性，有了更好，没有也不强求。

早上特意喊来Z，针对相亲过程中男生喜欢女生、讨厌女生的一些点帮大家做了个小调查。下面是结合Z的观点写的内容。

已经进入见面相亲阶段，所以前期一定通过介绍人等等，对相亲对象有一定的了解，那我直接说见面相亲部分。

相亲一定要吃顿饭，因为从进门到点单、用餐、结账，整个过程浓缩了一个人的很多生活习惯。这一点有些人说我pass掉的条件太严格，我觉得仁者见仁吧，有些点我接受不了，但有些人就接受得了，有些点我觉得ok，肯定就有一些人觉得必须pass，自己拿捏。

Z对女方的要求是：乐观开朗，落落大方，自信。直接pass的一些点是：坐姿不端，没气质，说话不经大脑，浓妆和问工资。我想他可以代表大多数男生的观点。Z说之前相亲对象有在很好的单位工作的，有清华北大的，在外人看来一定觉得条件很好，但是相亲的时候，会发现有些姑娘不自信，低头不敢看对方，眼神飘忽不定，不停害羞，所以吃完饭以后就没有然后了。

穿着打扮方面，我觉得做自己就好，不要求时尚，干净利落，要做到足够自信，不论你美丑，高矮胖瘦，相亲的那一刻，你就是公主。不要想着在被别人挑，而是想着大家是来认识一下，还是那句话，大不了做朋友，但是一定要接受和展示最真实的自己。

关于工资，我猜很多女生都特别想知道对方收入，但是有些问题不能直接问，太赤裸裸了会让人感到不舒服。这个问题又很重要，那怎么办？绕弯呗。

“你们公司加班吗？我们公司超级好，不打卡，也不加班。”对方一定会说加或者不加，接下来问：“哦，对了，你在公司具体是负责什么的？”“大数据，就是做一些……”开始balabala讲他的工作内容。当你了解一个人的行业和所在职位、负责项目，工资你也能猜个大概了吧？符合就继续，不符合pass。那具体工资什么时候问？如果两个人其他都满意，进入交往阶段，那一定有很多机会聊天。我是什么时候具体问的？当时论坛里有个工资版，写了扣税问题，我说我每个月扣多少钱，交多少税，然后他自然会说自己交多少税，然后倒推，不就知道了。具体数字是在后来一起去买车，银行打印流水的时候问年薪，我知道得一清二楚啦，再后来，连银行卡密码都知道了，我还有什么好问的。所以姑娘们相亲和生活都要讲究策略，不是算计，是有些问题拐弯会效果更好。同一个目的，不同的方法，会有不同效果。

哪些问题必须问？对我来说过去的感情经历必须问。我不会问所有的感情经历，会问交往最长时间是多久？交往那么久，后来分手的原因是什么。第一，如果一个男生交往时间不超过一年，那我判断他一定有问题，前女友是检验一个男生是否值得交往的最好标准。交往几个月，还没学会如何对女生好的男生，我不要，后期自己调教太累。第二，分手原因，你会通过这个得知他之前是怎样一个人，说分手原因的时候，数落对方不是的，pass。其他原因的，自己分析。在此之后，过去的事不提不念。

其他的东西，可以闲聊的时候就聊到了，比如是否月光，直接说我在用余额宝，你用吗？是否有其他更好的理财产品推荐？他说不用我都月光啊，pass；他说我工资发下来先放余额宝，其次做理财规划，那对我来说就是极好的。还有很多问题，都可以通过聊天来获得必要信息。千万别直接问，还有父母工作问题等等，都要拐弯。我觉得相亲你想知道的问题，首先要告知对方自己是怎样，这样对方心理会平衡些。只是问他，他答，会有一种被审的感觉。相亲过程本来就是say you say me，但我建议say me再say you。

相亲就好像面试，面试当hr问道你薪资待遇要求的时候，说明有谱，相亲是当对方迫不及待想交代一切给你的时候，就已经成功了，接下来主动权就在自己了。

早上问Z，那次见面我给他打90分，他给我多少？他说100，没有可挑剔的。所以你看，姐妹们加油，可能你不是最优秀的，但一定会遇到一个男生，觉得你是全世界最好的。

不要说你的交际圈小，明明是你太傲娇

某某是个接地气的姑娘。认识我的人，大多这样描述我。

1.

很多人都说工作后的交际圈变小了，因为身边熟悉的人只有自己的同事，周末也没有其他什么机会去结识更多的人，而我是随着越来越成熟，认识的人也越来越多。回想毕业三年认识的人，大到上市公司的部门总监，小到停车场认识的传统行业销售，以及一群能疯到一起、玩到一起真正交心的朋友，一路走来，他们都确实帮了我很多。

看到有些人说自己毕业后变成宅男宅女，除了没有恋爱结婚以外，交际圈也变得愈来愈小，于是决定来分享下我这些年的经历。

2011年6月，距离我进入社会还有一年，那时候我的目标是，去天津实习，然后从天津过渡到北京。我从未去过天津，那时候想要了解各区发展和天津的人文、气候等等，就随便加了一个天津的qq好友。说明来意之后就开始问东问西，记得他是某模具工厂的员工，祖籍山东。聊了几次之后，对天津也就有了比较初步的认识。结果是，认识了几天之后，他就出事了，他因为操作失误，两只手都被卷进了机器，造成双手残疾，当时他找我是想要我帮他，他觉得很无助，因为自己一个人远在天津，学历不高，不知该如何处理，工厂那边想要给几万块钱就把他打发了，他很着急，于是情急之下想到了我。

刚巧那时候认识一个劳务公司的负责人，他了解很多这方面的法律问题，于是我们一起协助他解决这件事。历经两个月后，终于在做了各种司法、医院鉴定之后，单位决定理赔20万元，并为他安排一个他力所能及的岗位，承诺只要他在工厂继续工作，就每月按照原本的薪水给他发工资。这件事解决之后，我们都很开心，我也是第一次真正感受到自己的价值。

2011年9月，我从上海回来，直奔天津去面试实习单位，他那时还在天津，于是决定让他带我去当时的求职公寓，并给我讲实习单位的行车路线。见面的时候还是很心酸的，虽然是陌生人，但毕竟是从出事到解决都全程跟踪下来，所以见到的时候还是很不忍。我爸当时说我，胆子大，也会资源整合，总能在自己的圈子里拉到能帮助自己的人。现在看来，也确实如此。

后来我很顺利地找到了实习工作，他也决定带着赔偿款回去山东老家生活，离开了天津那个让他伤心的城市。他后来回去后用赔偿款开了一个木材厂，没过多久，他就结婚了，新娘很漂亮，恋爱期间也问了我很多如何才能讨女孩子喜欢的问题，我还告诉他要自信，不能因为手的原因就自卑，他说最终能修成正果，也得感谢我。我一直都觉得，人与人之间，确实是有缘分这一说的，你认识一个人，一定有认识他的道理和原因。

2.

六月份我们的车险就要到期了，开始联系的是闺蜜，但刚巧那段时间她开保险代理公司的姑姑出门旅行去了，时间还很长，等她回来，我们的保险也就过期了，于是我们决定，今年的续保还是得自己找。

上周六，我们要回我老家找爸妈蹭饭过周末，早上在停车场自己洗车，一个大哥停完车，带着自己的小闺女走过来问我们的车是多大排量，多少钱买的。聊天的时候看了一眼他的车，发现大哥的车跟我们同款，并且只早我们两个月购入。于是想起保险的我就继续问，大哥续保了吧？保险哪里买的？多少钱？于是一来二去我就问了他上保险地方的销售联系方式，他也加了我的微信。后续得知他是兽药销售，也做器材设备，我说我舅舅是开猪场的，日后也许还能合作。

再打电话给保险代理：“您好，我是孙哥的朋友，想要问下保险代理。”

保险代理：“哦，您好您好。孙哥和他部门的人都是我们这里上的保险，我给您算下，按照最高折扣给您计费。”

最终结果是，报价比我们之前了解的都要低，保险这件事，也就这样解决了。并且万一日后舅舅家的猪场再有什么需求，就可以用他这边的报价和网上的代理商来进行对比，一举多得。

男朋友说看我跟别人聊天总觉得很神奇，别人说一句话他能接收到一句话的信息，我却可以延伸出很多，最终居然还能意外地把其他事情一起解决了。

3.

平时的生活和工作也是如此，曾经收到同行业公司的一封邮件，找我去面谈。我当时想着我的工作很好就直接拒绝了，当时他们的部门老大给我回邮件说：不要盲目拒绝别人的邀请，不要把自己的后路断得一干二净，要给别人机会，也是给自己机会。后来我去见了他，聊完之后还坚持选择留在公司继续做我的工作，但确实也如他所说，给别人一个机会，自己也会收获很多，比如思路，比如很多除工作以外的机会。

当你成为一个很有心的人，又能够听进去各个阶段认识的人给你的建议和意见，就能够越走越顺。每个人生阶段都不愁没有贵人来扶持你，也不愁没有人关注到你。

4.

除了这些人，这些年也结交了一群能玩到一起的朋友。我从不相信别人说的职场上利益场上不会有真友谊。我一直信奉的是，将心比心。当你认定一个人不会对你使坏，付出百分百真心的时候，得到的也将是百分百的真心。每个阶段都会有新的朋友，有一部分老朋友也会因为越来越少的交集而变成记忆中的好朋友，这些人虽然再见面的时候还会家长里短聊天到天明，但绝不会是你平日里约逛街能聊自己现状的朋友。

有人说现在的交际大多是为了利益或者工作，怎么可能发展成生活中的朋友呢？还是那句话，不要傲娇，当你感受到对方的气场和自己类似，性格也差不多，大可以告诉对方说，嘿，我觉得我们除了聊工作以外，还可以成为很好的朋友。我个人是这样，所以我现在中午除了会和公司里的同事一起吃饭，还偶尔会约附近出版社编辑一起吃饭聊天，我们第一次见面就觉得对方和自己气场很搭，所以很快就玩到了一起，聊感情聊工作聊八卦。

因为写作，也认识了一群很好的朋友。大家因为喜欢写作聚在一起，却从未因为彼此不熟悉而假意去谬赞，而是在一个人写的有什么不好的地方的时候，另一个立马站出来说你这里写得太烂了！时间久了，干脆也不顾及什么，有什么说什么。偶尔不忙了，还会一起聊心事，对此我也一直很珍惜。

不要局限于某种形式，开心就好。老公都可以通过网络平台找了，还有什么能限制你去交朋友、扩大交际圈呢。不想自己待着的时候，就别继续做宅男宅女了，出去走走，平时工作生活中多和别人聊一聊，或许你就会发现，有个人和你气场很搭，能成为很好的朋友，或者能提供给你更多的机会呢！

第二章

我等的人，ta在不远的未来

爱自己是对未来爱人最好的承诺

前段时间，我在豆瓣发起一个活动——写下你最想对陪在身边的ta（或未来的Mr.right）说的一句话，今天我收集了截至目前所有没有遇到那个人的“隔空喊话”，一张张图片翻下来，真的要泪奔了。感动于大家对爱情的坚信与执着，也惊喜大家在聊到爱情的时候，都变身哲学家和诗人，写下的文字都那么美，那么真：

阿姨她一定没给你配指南针！嗯！ by乌拉拉

不想凑合，等有相互喜欢的再说。 by嗖嗖

那个你来过吗，还是已经走远了？尽管如此，遇见之前请好好的，遇见之后，你会比现在更幸福。等你。

by你好，再见

快找到我，As fast as you can。by中兴安岭

我知道我的那个她正在朝我慢慢靠近，我唯一要做的就是努力让自己变得更好，然后在人群中找到你，牵尔玉手，挡此生风雨。愿那个知我懂我的人早些出现在生命里，愿收起我的戾气，好好珍惜你。by 蛛丝马迹

亲爱的你好，一直都在等你。如果哪天遇见了，请一定要牵紧我的手，这一生的潮起潮落，我们一起走过。by smile-roki

我相信，人海茫茫，你一定会找到我。by七月烙落

迷路的孩子要早点回家。by淡彩浅绛

希望你能找到我，用我懂得的方式爱我，不要离开我。by雨果

你怎么还不出现。by尘埃

我希望自己变得更好；我希望你认识我时，我就是你想要找的那个人；我希望，我不是你的将就；同样的我希望，你也不是我的将就。by暖暖遇见

我等你，但是请原谅我偶尔走神和开溜，谁叫你那么晚来到，哼哼。by j11

你何时才能出现？希望我的等待能换来你及早的到

来！by丫头傻乐呵

我知道你会来，所以我一直在等。by漠漠

虽未曾遇见，但结果肯定是好的，每念及此，心里总会有说不出的喜悦！by何小贝

你在哪？by每天单曲循环中

未来的那位，希望我们有个温暖的家。by晴子

我相信一定会遇到你，所以一直有勇气走下去。by极点

好像所有人都在等人，我也是一样的无助，但是看看这些，最近在想，我们是不是应该主动去找那个人呢！一路上一个人真的过够了，你在哪，说出个时间地点，我去找你也好啊！by没得兜兜的短裤

如果你现在出现我就打算和你一起到老了不然我就自己老去了。by杨思静

我要好好努力，希望在我最好的时光遇到你，爱上你。by奋斗大珊

不管你在不在，我都爱；无论你爱不爱，我都在。请原谅我还没找到你，请相信我终会找到你。没有我的日子，爱自己，相遇时再由我照顾你。by哇咔咔

我就在这里，等你。没空继续跟你捉迷藏啦，妖

孽，快现身！by叮咚咚

夜晚有星，河水有鱼，高山有飞鸟，云朵有雨滴。全世界都在彼此拥有着，我却没有你。by zhii

未来的你，在哪里？我在等你。by无敌董豆豆

遇见你，在一起，过一生。即使简单平凡，我也会用尽全力守护珍惜！可是，你在哪里？by向阳树

我还不认识你，你并不属于我。请你快点出现，带我离开。我不知道自己还能等多久。by夜夜夜夜小痴

我话很多，这里说不完，以后等你来了，跟你当面说。by Leo Swift

我是一个软弱的孩子，不过我在慢慢变好，你一定会在那个时刻爱上我，不离不弃。by下雨了

你再不来，我就咬舌自尽了！by王三三

我会很认真研究你爱吃的菜，在你累的时候给你一个抱抱，尽管我很笨，很幼稚，但无论如何，都请不要放弃我。我希望你把我的照片放在钱夹里，大方在朋友亲人面前介绍我是你的女友，会无条件支持你，始终觉得你最好。请你一定要等我，等我变得足够好，我相信我们一定会相遇，我会把唯一的柔软和温柔全部给你。by棉棉

请在你最好的年华里让我遇到你。请让我陪伴着你走过剩下所有岁月的痕迹。请同我分担你所有不开心的坏情绪，然后不要离开。by贪睡的幽灵

我未来的那个他，请在我们相遇之前，都让彼此变得更好，棒到人群中闪闪发光，一眼就看到对方。by Gemini

在这个世界上，比我漂亮比我聪明比我富有的女生多的是，但我希望在未来你遇上的那个我是最真诚最有趣的，因为我爱你，所以想把最好的一切都给你。by sarol

我讨厌你这么多年陪着别人一起浪漫。我讨厌你到现在都不知道我。 MD，等我抓住你，信不信让你一辈子都摆脱不了我？by 哦哦哦先森

亲爱的，不管明天有多远，我会陪你一起走。可是，你怎么还不来？by寻人启事

现在我这么努力，是为了有一天把更好的自己交付给你。by楊凯莎_kaysa

时间在撕扯我的生命，我却不知道你身在何处。by 焚羽沉泪

你可知，我在这里等了你好久好久。by南风

快点来找我！这么多年都不出现，也不怕我跟别人跑了！by multiscale

来找我，或我去找你。别太早，但也别太迟。by惊蛰君小白

赶紧给我滚出现。你说你路痴也得有个限度吧？你是绕到哪里去了，还找不到我。by林二妮儿

我始终相信，我们最后都会归于一个人。我也知道，在等待那个人的路上，会有很多辛酸和困难，但在遇到ta之前，我们必须选择坚强做自己，变得更好，直到有一天可以很自信地站在ta面前，说终于等到你，还好我没放弃。

爱自己，是对未来爱人最好的承诺。

致三十岁的自己

见字如晤，我在二十四岁，一切安好，勿念。

不知道现在的你是什么样的生活状态？昨天gaby过来，说起二十五岁这个年龄，之前二十四岁的时候不觉得自己年纪大，眼看就要过年，就要二十五岁，居然开始害怕起来。鉴于此，就想给三十岁的你写封信。首先，不好意思，我现在还没把自己嫁出去，不过我相信，三十岁的你肯定有了自己的小家庭，他对你好吗？是否无条件宠着你？有宝宝了吧？我就知道是这样，下班以后那小家伙每天围着你喊妈妈很开心吧？你二十四岁时，有人问喜欢小孩吗？你说喜欢别人家的小孩，因为自己家的还得照顾，别人家的看起来都那么可爱乖巧，不知道宝宝哭闹是否有烦到你？对了，晚上宝宝哭闹，是你起来照顾，还是宝宝爸起来照顾？一定是他更多对吧？

爸妈还好吧？他们都退休了吧？最近都在忙些什么？其实我一点不担心老爸的退休生活，他总能找到喜欢的事情做，比如在你二十四岁的时候，他经常开车去平房那边的老年中心下象棋玩牌。平时在家拿平板看国际国内新闻，潮着呢！那现在呢？是否找到更多可以玩的东西了？老妈怎么样？习惯了每天去学校教书的她，退休后有没有觉得离开学校离开那群调皮捣蛋的孩子有点小失落？希望她也找到了自己喜欢做的事情。

对了，都说父母在，不远行，所以你二十四岁的时候，生活工作在离家不远的北京，也都不怎么忙，至少一个月回去看他们一次，陪他们聊聊天，做做饭，逛逛街。你可要记得，等到三十岁，不管有多忙，一定要经常带宝宝和宝宝爸回家蹭饭，希望那个时候宝宝已经会喊姥姥姥爷，然后宝宝被爸妈哄着，你和老公去超市，买你们喜欢吃的东西，回来做给他们吃。那时候你的厨艺更好了吧？现在会做的还比较简单，不过都说女人是天生的厨师，希望经过这么多年的历练，你的厨艺已经可以让他们赞不绝口。

公公婆婆可好？二十四岁的时候，你有个愿望，就是可以在近几年内，过年跟未来婆婆一起包饺子。三十岁的时候，你肯定已经跟婆婆一起包过n次饺子了吧？你们擀皮儿的方式一样吗？她是不是经常对外人夸说我这个儿媳什么都好云云。你们一定相处得不错吧？对他们好点，因为他们含辛茹苦，养育了宝宝爸。三十岁的时候，你一定会有两个可以腻在一起聊心里话的妈妈，两个可以偶尔给你讲大道理的爸爸。帮我照顾好他们。

你现在用化妆品吗？贴面膜吗？二十四岁的你用的是超市里二十块钱一瓶的洗面奶，不知道三十岁的你会不会嫌弃这个价格。不过二十四岁的你生活规律，晚上不熬夜，经常吃水果，尽管用着简单的护肤品，皮肤保养得还不错。比较懒，早上出门从不化妆，十五分钟起床洗漱全搞定，不知道三十岁是否还是这样。晚上从不敷面膜，现在用的是免洗的睡眠面膜，原谅我在二十四岁这个年纪这么懒，可是还能懒几年？就让我在这个不长痘痘不担心皱纹的年纪里，一懒到底吧。

你工作怎样了？还是做进出口吗？希望那个时候你

已经顺风顺水了。我说你这脾气真要改改，希望三十岁的你心态平和，和蔼可亲。就这几天，跟客户聊天对方喊你大哥你就怒了，对客户态度急转直下，原因是你觉得好好一姑娘愣是被他喊丑了，还换了性别。你这思维真是让人难理解。好在公司人性化，没人说你，经理偶尔打趣说这90后性格啊真的要收收。想告诉你，客户是上帝啊，你说他喊你什么有那么重要吗，别那么容易动怒，对身体不好。工作就该进入工作模式的，毕竟这是社会这是公司，不是你可以当螃蟹的家。三十岁的时候也别太拼了，钱乃身外之物，够花就行。还理财吗？其实我是想问，你那纸黄金后来涨了吗？现在可是赔惨了。希望三十岁的时候，理财更加谨慎。

身边朋友都还好吗？也都结婚了吧？他们是否也还在北京奋斗着？北京空气环境有没有好点？你知道现在的北京天气吗？就现在，微风无云能见度高的日子，能当个节日来庆祝呢。有人说雾霾天，人们就像戴着面具在能见度极低的城市里战斗。真是太形象了，也不知道你那时候是否还在北京。

现在是二十四岁里的某一天的11点41分，我坐在办公室里，给三十岁的你写信。也不知道三十岁的你，现在在做什么，想什么。

未来真的好远，远到我计划不来。不过你相信我，我会努力，努力让三十岁的你过得更好而奋斗。你就安心工作生活，照顾好咱爸妈，咱宝宝，咱宝宝爸，咱朋友。我会一步一步脚踏实地走向那个头发随便一绾，绾出的都是风情的，三十岁的你。

梦茜

2013年11月27日

此去不经年，后会终有期

再见沈航，距离我们分开已经十年。

每个人的青春年少都有一个不能忘记的人物，就像我之于沈航，沈航之于我。

初一开学的第一天，班主任例行公事地让大家互相认识，大个子男生去搬课本发书，结束后已是中午，于是大家纷纷去食堂吃饭。我和沈航的第一次亲密接触，就这样突如其来。记得那天中午，食堂人满为患，虽然大家按照规矩排队点餐，但也有不少高大的男生直接插队，而我端着餐盘找座位，几个男生却因为插队问题打了起来，就这样，我和我的餐盘被人群推着一起飞向了沈航，而餐盘里的饭菜打翻并粘了沈航一身。世界都安静了，人群散开，唯独剩了不知所措的我和一脸嫌弃的他。

“对不起对不起，我不是故意的，我……”还没等我说完，面前这个刚还在为插队而对同学大打出手的男生已经飞奔而去，只留下茫然待在原地的我和一群嬉笑怒骂沈航是个有洁癖的处女座的同学。

原本像当日天气一样晴朗的心情，因为中午的事而乌云遍布。我一整天都闷闷不乐，苦闷自己为何刚入学就遇到这等倒霉事，又羞愧于中午把饭菜全部倒在了沈航身上。中学的时间总是过得飞快，没多久大家就熟悉了，一起上课，一起打闹，而我也渐渐忘记了刚入学的囧事。

懵懂的爱情就像纯白色的棉花糖，只能远远望着，却不敢去尝试，因为害怕一旦自己真的碰了，它便化为乌有了。

有天我突然发觉自己总有种被盯着的感觉，无论任何时候，任何地方，总有这种感觉，而当我四下寻找的时候，却又如何都找不到那双眼睛。终于有一天，下午来上课的时候，我发现桌上多了一瓶酷儿饮料，而课桌里也有一张小纸条，还未打开我就感到自己的心快要跳出来了，想知道里面写了什么，又害怕被别人发现，于是就一直夹在书里。还记得那天一下午的课我都没有听进去，课间连卫生间都不敢去，生怕纸条飞走了。一直挨到了晚上放学，终于鼓起勇气拿出纸条，回宿舍准备看的路上又遇到了同寝的同学，于是我把纸条一直紧紧攥在手里，直到回去寝室。

等我终于有机会打开，才发现纸条上的字迹已经模糊了，写纸条的人用的是钢笔，而我因为紧张出了太多的汗，于是仅有的几个小字也看不清了，只能隐约看出落款是：航。

从那以后，我便知道总是盯着我的人，是沈航。而我因为不知道他纸条上写的是什么，所以一直没有找过他。另一方面我也害怕，害怕因为过多的交集被当早恋，另一方面又开心惊喜于有人喜欢自己了，我会时不时偷偷看他一眼，有时候刚巧四目相对，我便红着脸慌忙扭过头。

还记得有一天晚自习结束突然下起了大雨，我被困在了教室里，正愁着怎么回寝室，沈航拿着一把雨伞走了过来，塞给我说了句，我先走了，你回去慢点。接着便跑进了大雨中。那也是我人生中第一次有被男生呵护的感觉。沈航，谢谢你。我在心里说。

第二天他的座位上没有人，一直到下午，班主任来上课才告诉我们，说沈航昨天淋雨患了重感冒，雨季让大家都随身带着伞。还记得当时沈航的舍友说他其实是带了伞的，并且像沈航这种重度洁癖的处女座，是无论如何都不会让自己淋雨的，奇怪昨天是怎么了。

时间就这样一天天过去，我再没有收到过小纸条，只是桌柜里会经常出现一些小礼物，有时是一张动物贴纸，有时是一瓶酷儿饮料，有时是一个贝壳的手工小物件。

很快我们便升初二了。一个暑假过去，男生们都长高了，女生们也更加漂亮了，而我也很期待，沈航变了吗？

结果他的座位一直空着，班主任说，首先恭喜大家又升了一级，其次是我们班有两位同学因为调皮不喜欢读书而被送去当兵了。

没错，其中一位便是沈航。少女情怀总是春，当时的感觉是还未曾开始，便已经结束。我开始懊恼为什么当初没有勇敢一些，问他纸条上的内容到底是什么？为何没有多跟他有一些交集？为何没有在他叛逆不学习的时候劝他一句？而一切都来不及了。

后来我在懊恼和叛逆中度过了整个中学时代，而时间也这样一点一滴流逝着。

再见沈航，已是十年后，他当兵后便学乖了，退伍后出国读书，之后便留在了美国。这次回来只做短暂的停留，他说想来看看我。

我们坐在咖啡厅里，阳光透过窗子射进来，打在原木色的咖啡桌上，而我的心情也爽朗起来。他开口第一句话是，在我印象里你一直是那个扎着高马尾、走路头发会跟着脚步一甩一甩的女生，如今却已然成了小女人的模样！

我们像许久未见却不陌生的老朋友，一起聊他离开学校后的事情，愉快交谈着，只是我们谁都没有提过去的事情。

距离沈航飞美国的时间还剩下两小时，沈航说他要走了，但不要我送他。他要我先走，看着我离开，于是他站在咖啡厅门口，望着我远去，在视线范围内，我几次转身朝他挥手，直到我们再也看不到对方。

沈航离开后，我收到了他的短信，他说：能再次见到你真好，当年被你撒了一身饭菜后第一反应真的是非常生气，但看到你惊恐的小脸，便顿时没了脾气，也是从那时候开始，喜欢上了你。当年离开没有提前打招呼很抱歉，所以今天我愿望着你离开，真想穿越到中学时代，我要指着你的背影告诉所有人，快看，那就是我的初恋。

爱情其实很简单

“容易满足的女人，会比较容易幸福。不喜欢计较的女人，会比较容易得到幸福。你要记住这句话。”好友刘忻坐在我的对面，微笑着用吸管搅拌着原本就不需要搅拌的杧果汁，懒懒地说。

刘忻是我工作以后比较聊得来的朋友，现在结婚三年，孩子两岁，老公在外面创业，自己也有着喜欢的工作。周末他们会带着孩子和公婆一起去北京近郊开车兜风玩耍，在我看来，这是一个三十岁女人最好的生活状态。

前些日子我领证了，对爱情对婚姻产生了很多恐惧，于是刘忻说约吃饭，给我讲讲她的爱情故事。她说相信讲完这些，你会对婚姻和爱情有很多新的认识。

我们年龄上差了五岁，但一直是很好的朋友。她人温文尔雅，很多时候像个姐姐，工作后很难交到真正交心的朋友，所以和她的这份感情也就尤为珍贵。

据刘忻说，她和她老公石磊是在一个qq群里认识的，那时候她刚从上海辞职来京找工作，人生地不熟，又没有太多可以依靠的朋友，周末在家闲着没事又不知道该去哪里，于是加了一个设计师qq群，石磊是群主，某周末组织他们一起聚餐，打cs。她因为不想自己在家宅着，就参与了。石磊给她的第一印象就很好的原因是，得知她刚来北京，哪里都不认识，于是把线下聚会的地点定在了她出租房附近。她说石磊是个很会照顾人的男人，说这话的时候，脸上洋溢着这个会照顾人的男人是我老公的幸福感和傲娇感。

最好的爱情就是，我爱上你的时候，刚巧你也爱上我。

石磊在那次线下聚会结束后，就频繁约刘忻出来吃饭逛街。刘忻说，那段时间他们看遍了电影院里的所有电影，甚至最后实在没的看，连动画片都看了。当我以为他们的热恋马上开始的时候，石磊的前女友出现了。我个人一直都很排斥前女友这种生物，认为当爱情结束之后，就不该再联系，更不能影响日后的爱情和生活。

石磊和前女友分手没多久，但他自己很清楚他们不会再回到从前了。前女友联系他的时候，用的是女生最常用的那句话：我家电脑坏掉了，你来帮我修一下。很多女生都是如此，分手了，认为男生还是属于自己的，任何时候需要，打个电话他就会不远千里来为自己服务。在年少不知事的时候，我也做过这样的事情，但成熟之后，最鄙视愤恨的也是这样的事情。

石磊挂断前女友的电话，手机立刻又响起来，最后索性关机。刘忻坐在一边，目睹了整个过程，她对石磊说："我想听下你们的故事，之前你说你们在一起三年，一定很相爱，我们才在一起几天，感情一定没有你们深。如果你认为还能跟她回到过去，我们分开，还做朋友。如果不能，你也要跟她讲清楚，不要不接她的电话。因为我也失恋过，如果我因为难受打电话给我前男友，他一直不接，我会更难受。你现在这样，她难受，你也别扭。"大概是刘忻说得太诚恳，石磊沉默了一小会儿，便打电话给前女友了。

石磊跟前女友说，自己有了新的女朋友，既然分手，就希望两个人各自安好，不要互相打扰，也不希望自己因为之前的感情影响了日后的生活。之前自己的工资卡是交给前女友保管的，石磊电话中跟前女友说，卡里有几万块钱，虽然不多，但是给前女友了，让她自己在北京生活犯难的时候用。刘忻说她当时觉得自己没有选错人，她很欣赏石磊的解决方法，干净利落，又不失风度。

后来恋爱两个月，他们就闪婚了。订婚纱照，给亲戚买礼物，都是石磊一手操办的，刘忻说自己很省心，嫁了一个会持家的好男人。石磊说自己娶到一个好老婆，不喜欢计较，容易满足，自己和刘忻在一起，没有压力，日子过得也很舒心。

前女友事件之后，石磊再没提过这个女生，她也因为石磊的细心和耐心，越来越有安全感。婚后没多久，他们就有了孩子，到现在孩子快三岁，虽然吵架，也都知道两个人是想着对方的。

刘忻说，恋爱时不要随便提分手，结婚后也不要随便提离婚。伤感情不说，还让彼此都没有安全感。这件事，我自己也深有体会。在结婚第二年，他们曾因为一件小事吵得很凶，刘忻拿着几样东西就离家出走了，石磊追出来的时候，她已经打了一辆车。路上给姐姐打电话，说要离婚，她姐姐告诉她，婚姻是需要包容和忍让的，让刘忻找个餐厅坐下来，吃点东西想一想，这一两年石磊是坏多一些，还是好多一些；如果离婚了，是否对自己有好处；接下来的日子，又要如何走，女儿怎么办。

刘忻听了姐姐的话，找餐厅坐下来开始想这些问题。她告诉我说，平时只忙着过生活，从来不去想对方的好与坏，但当吵架了，一时间能想到的只是对方的坏，他的好一点都记不起了。自己用了一下午的时间，把从认识到结婚生子这段时间回忆了一遍，突然很想念石磊。她说那一刻她觉得自己错了，再吵架也不该任性地离家出走。也是在那一刻，她想明白，石磊的好远多于他偶尔的坏。于是打电话给石磊，告诉他自己的位置，让他过来。

我以为他们两个人会坐在一起聊清楚，刘忻却告诉我，石磊过来以后，点了几个他们都喜欢吃的菜，吃完之后，两个人就手牵手回家了。再没提过离婚这件事，也没有人提起这次吵架。

刘忻说从那以后，自己再没有想过要离婚，也更爱这个跟自己生活在一起的男人了。她也告诉我说，婚姻和爱情都是需要两个人精心呵护的，不能太任性，女孩子也不能一味地作，不然丢掉的是自己的幸福。

我的杧果汁喝完了，刘忻的故事也讲完了。聊完的那天晚上，我想了很多。大多时候，我们都在害怕，因为这个时代什么都很快，连同爱情婚姻都一同害怕：看到别人说七年之痒，自己就担心未来；看到离婚率极高，就开始害怕以后磨灭了爱情只剩下日子的婚姻。刘忻让我明白，爱情和婚姻其实都很简单。不必用别人的例子去比对自己，只要用心经营，学会包容与忍让，婚姻和爱情终会给我们想要的幸福。

你不是失败，而是成功离开了失败的爱情

这是一封来自一位已婚妈妈的信，她的人生并非原本憧憬的那样幸福，在这段婚姻生活中，她有很多困惑和犹豫，于是在纠结良久之后，选择发邮件给我。

以下是我摘录的一段来信：

我的婚姻生活遇到了一些问题，不知道你能否给我一些你的看法。我知道，最后做决定还是要靠自己，但现在我的状态很容易钻牛角尖，所以冒昧写了一封豆邮，希望得到你的回复。

我和老公结婚一年半，孩子七个月，婚前恋爱谈了不到一年吧。

怀孕初期，感情还不错，但发现他有出轨迹象，因为没有确凿证据，闹过之后就不了了之了。

后来他的工作越来越忙，经常出差，不注意个人卫生，不分担家务，我因为肚子越来越大也无暇顾及这些变化，现在回想起来，当时自己承担起全部家务的同时还经常一个人吃饭，虽然也有抱怨，但没想到之后的事情让我这么无措。

发现他出轨，是在我生完孩子月子中的一天，晚上喂奶后睡不着，他在旁边鼾声如雷。手机亮了，静音，是个未接电话，我拿起来，翻了他的手机，里面除了那个女人的电话之外，还有他们上床的视频。我没有叫醒他，自己挨到天亮。后来他承认，在孩子没生的时候就出轨了，对方也知道我怀孕，后来电话过去，那女的还说刚生完孩子叫我不要生气。他跟我道歉，非常诚恳，并承诺会改变，慢慢变好，也当着我的面和那女的断了。我当时觉得还爱他，所以选择原谅。

但……我不能否认他的改变，每每想到他在我最需要关心的时候，竟然做出我最介意最伤害我的事情，就觉得他欠我，对不起我，于是我越发趾高气扬，盛气凌人，也对他的变化熟视无睹，对他的要求越来越苛刻，这段时间，在我眼里他做什么都是错的。

五月份的一次争吵，他离家出走，消失了一个多星期后回来。接着就发现在他消失的这段时间，原来和另外一个女人在一起，并且他带她见了他的朋友。具体细节我就不说了。和他摊牌之后，他选择回归家庭，但我的心结又系上了一扣。

我该怎么办？如果继续生活，我该怎么调整我自己？甚至我都不知道自己该不该离婚。他在我眼里已经非常不堪。我该怎么办？

其实看到这里，我已经深深为她感到不值了。一个女人一生中最重要的事，除了选对一份职业，大概就是选一个好老公吧。人生不如意事十之八九，我们没办法避免掉所有生活中的苦难。

我回复了她以下的文字：

你好。

非常感谢愿意把自己的事情说给我听，谢谢你信任我，同时也很心疼你，面对婚姻和爱情，大多数人都是一个态度：劝和不劝分。而我不同，对这类严重的问题，我是直接劝分的。

说你的问题之前，我先给你讲个故事吧。我有个大学同学，和我关系很好，大学的时候她交往了一个男生，但朋友们都不支持他们在一起，因为那时候那个男生不仅没有工作，还每天不务正业，整天泡在网吧里。我同学初尝爱情，认定那就是她的真爱，并扬言要不离不弃一辈子，我们当时劝了她很久，都没用。

很快大学毕业了，我们都开始找工作，她却直接回了新疆（老家），为的就是和那个男生长相厮守。当时我们觉得，既然选择了，就祝福她吧。结果是她婚后不久，就频繁找我诉苦，原来早在她结婚前，就发现男友出轨了，她试图挽回，认为结婚可以改变那个男人。结果是婚后变本加厉，经常是两个人一天也说不了一句话，男生脾气不好，几句不对就拳脚相向。

我得知此事后，还是第一时间劝离婚，她不肯，说很爱他，问我该如何改变他。我说有些人本质里就是坏的，没办法改变。同学不听劝，又过了半年，她怀孕了，告诉我说，有孩子以后，男生应该长大成熟了。那时候的我看她，就好像每天活在自己的幻想里，幻想这个男人会变好，会回心转意。怀孕期间，她还在帮他全家人做饭洗衣服，没有得到任何应有的待遇。公婆不管，老公也不关心。孩子出生后，老公依然经常出去鬼混，偶尔回来，只看孩子不看她。她告诉我，生活没了希望，绝望了。

作为朋友我心疼她，作为旁观者，我也觉得其实所有的结果，有时候都是咎由自取。

不知你看到这里，是否已经有了自己的答案。

女人就像花，必须精心呵护，而男人并不是我们非要不可的养料。如果他能给我们阳光，那最好，如果已经给不了阳光，反而给的都是阴暗痛苦，那不如离开。孩子并不是你们的牵绊，是上天送给你的礼物。

你要为自己想，为孩子想，日后孩子一天天长大，如果知道自己的爸爸是这样的人，我想他不会快乐，长大后还会痛恨自己的父亲。女人要懂得心疼自己，有时候必须坚强，因为你坚强，才能走出这段阴暗，然后看到阳光。

我知道，你有时候会觉得生活无望，看不到任何希望，但你也要知道，人的一生太长了，等你到六七十岁，回看这段经历，就会发现这只是你人生某个阶段而已，并不重要，无论发生什么，只要你坚强勇敢，最终都会幸福的。加油，对自己好点。

看过一段伊能静对女人婚姻的描述，她说爱情和婚姻不是别人有我也要有的东西，更多时候骄傲地单着，比妥协地双着更幸福。把单身的日子拿来变漂亮、变丰富、变有趣，不当贫瘠的怨女。

喜欢《我是女王》里的一句话："你不失败，你是成功地离开失败的爱情。好姐妹，你一点也不失败。"

我很赞同这话，因为一个人一生中会遇到各种各样的事情，你不能保证每一件事情都按照自己预想的发展，我们努力充实自己，但也保证不了每一次的选择都是正确的。这一路上，总有那么几件事情出乎我们的意料，可能发生的时候，我们还没做好任何心理准备，但没办法，它就是这样发生了。

而爱情这种自私又敏感的东西，更是容易出问题。如果是小问题，我们大可以解决，抱着宽阔的胸襟和勇气，去给彼此一个机会。当事情严重到一定程度，已经超出自己的底线，那也该勇敢地放弃。因为即使你现在硬着头皮往前走，有时候也无法接受现实，也无法再回到最初的时候。

爱情如此，婚姻也如此。机会可以给，但不是每次都给，不然就是给了对方无数次伤害自己的权利。如果真的太伤太痛，不如放手，这时候你依然是成功的。就像伊能静说的，你并非失败，你只是成功地离开了失败的爱情。

面对爱情，我们不妨勇敢一点

桃子是我见过的最不像财务的财务。

曾任职的几家公司，小到二十几个人，大到几千人，无一例外，财务部同事都很孤傲高冷，总觉得跟他们说话要先打好草稿，因为他们真的好忙，并且一个单子填错，会立马把脸黑下来教育你一顿，直到让你记住，下次再也不敢犯这样的错误。

桃子是财务部的例外，她性格平和，所以大家报销、对工资单都愿意问她。

公司里还有一位同事，叫大俊。大俊是企划部的员工，却也兼做公司的美工。他是我见过的为数不多的很讨女孩子喜欢的男生，所以公司里很多单身女孩子，都很喜欢跟他在一起做事。

我刚去公司那天，刚巧有一个财务部同事也入职，于是第一天，桃子和大俊就带着我俩去吃饭。我问大俊，为何他也兼做美工？桃子争先回答我说，因为他photoshop做得极好！

我好奇地问，你为何photoshop做得那么好，学的不是信息工程吗？桃子又抢先说，因为大学时他喜欢去图书馆看美女，于是看了好多做图修图的书！

我们笑作一团，大俊不好意思地摸摸头，连着说是是是，都是为了看妹子！

那天我们走了足足有二十多分钟，才走到一家拉面店。那家店看起来非常破旧，但是里面人满为患。两台空调对吹，倒也凉快。我们每人要了一份拉面，便是入职第一天的午餐了。

我从进入公司的第一天开始，就觉得桃子是打心眼里喜欢大俊的，但她并不表明。

公司里还有两位女同事很喜欢和大俊聊天，约吃饭。大俊也去，也回应，有时候也会开很暧昧的玩笑，所以大家都觉得，大俊对桃子没什么意思，至少现在没有。

工作和生活就这样一天天过着，甚至有段时间，大俊频繁和另外一个同事出去玩，我们都觉得他俩要在一起了，桃子也不表现得难过，看起来就好像什么都没发生过，让大家都误以为自己对桃子是误会了，其实桃子对大俊没有任何除同事以外的感情。

再后来天气越来越热，我们都懒得下去吃饭，每天订外卖。大俊也跟着我们订外卖。偶尔他还是会和桃子去吃我们第一天去吃的那家拉面。后来还经常有人议论，说其实桃子就是喜欢大俊的，因为桃子本身并不喜欢吃拉面，但大俊喜欢，所以她才愿意冒着高温，和大俊走那么远的路去吃拉面。

七夕那天，主管给我们每人买了一枝玫瑰花，办公室里瞬间弥漫了爱情的味道。我们打趣大俊，问他是否要把这枝玫瑰送给心爱的姑娘，结果桃子不知怎么了，匆匆走出了办公室。

大俊有些尴尬，跟大家闹了会儿，又默默掏出一对情侣表，大家更是一阵唏嘘，男生起哄，问这是要表白的节奏啊，女生纷纷迎上来问大俊情侣表要送的人是不是自己。结果大俊开口了："虽然是同事，但更是兄弟姐妹，所以我也不避讳什么。我这个人平时看起来大大咧咧，其实内心有事，却不知道如何表达。”

这时候所有人都安静了，都等他把故事讲下去。

大俊顿了顿，继续说：“你们都认为桃子喜欢我，都以为她因为我喜欢吃拉面才去那家店，但你们不知道的是，其实我并不喜欢吃拉面。我去那里只是因为桃子去办理税务的大楼就在拉面店不远处。我是为了陪她去办税务，而最近的餐厅就是那家拉面店。”

听到这里我突然想起来，我们第一天去那家拉面店，桃子手里也带着各种公司章，并且那天吃完饭，大俊是让我和新同事一起先回来，他留下来陪桃子办事。那时我才明白，原来他俩是去了不远处的写字楼。

正当所有人都明白了怎么回事点头时，大俊摩挲着手里的情侣表，继续说：“其实我很喜欢桃子，但我也知道她身边有几个追求她的人，都比我要好很多，我没有自信讨桃子的欢心。我不确定，桃子是否喜欢我。我真的不确定。”

所有人都皱着眉头，想到底该如何是好的时候，办公室的门开了，桃子红着眼睛，脸上遍布笑容地快步走过来，霸气地抢过情侣表，拿出女式的给自己戴上，然后笑着说：“大俊，你眼光不错嘛！我很喜欢！”

这时候所有人都欢呼起来，也许应了七夕的气氛，也许事情终于有了一个圆满的结局，也许所有人都期盼着一个童话般的爱情。

大俊还没从自己的不确定中缓过来，手里拿着另外一只情侣表呆呆地看着面前的桃子，说不出话来，大家开始起哄，快给自己戴上啊，是不是幸福来得太突然了！

桃子二话不说，拿起另一只表，强行给大俊戴上，并拉起他的手跟大家宣布："大家听好了，以后大俊就有主了！你，你，还有你，以后只能跟大俊做朋友！大俊是我的！"

这时候大俊才反应过来，抱着桃子在办公室里转圈，丝毫不顾及这电视剧般的剧情已经虐倒了办公室里一群单身同事。

后来呢？后来我们还是会经常看到桃子带着公章，大俊带着桃子，一起去那家拉面馆吃拉面。只是他们的手牢牢地牵在了一起，再后来我离开了那家公司，大概半年后，我在朋友圈看到了桃子和大俊发了同样的一条说说，配图是他们的婚纱照，文字是：其实爱情没我们想的那么复杂，当你遇到爱情，不妨勇敢一点。因为你的勇敢，可能会无意中给对方无限的安全感，也会给爱情多一种可能！大家先羡慕着，我俩幸福去了！

大俊和桃子的爱情让我联想到周围很多人，有些朋友曾跟我说自己暗恋一个人六年，而最终对方都结婚了，他也没告诉对方这件事，而那场单恋也就以对方结婚而告终。我问他为何不告诉对方？他说不敢，害怕两个人连朋友都做不了，我问他，那现在还是朋友吗？他说不是了，对方恋爱结婚后，就联系很少了，并且也不愿意看到对方结婚，而新郎不是自己。记得曾看过一个电影《初恋那件小事》，女主拒绝男主的告白后问，我们能做朋友吗？男主坚定地说：“不能，因为我对你的感情，不是朋友。”

其实就像大俊和桃子一样，面对喜欢的人，面对想要抓住的爱情，我们不妨勇敢一点，因为说不定你的勇敢和主动会给彼此多一个幸福的可能。

想要幸福，就去爱一个正能量的人

身边的朋友，在遇到一些问题的时候，总会不自觉就分成了两派，一派是永远看到问题就解决问题，身体里也好像流淌着正能量，而另一派则喜欢在遇到问题的时候，打电话，找身边一切可以倾听的人，去吐槽抱怨，哭诉命运不公，为何糟糕的事情总是发生在自己身上。时间久了，第一类人让人感到轻松，第二类人让人觉得累赘。

朋友如此，爱情也如此。

女人像水，天生柔弱，男人像钢，天生强硬，所以很多时候，女人都需要男人的呵护和照顾，但这一点也确实让很多女人误会，以为自己就可以对生活中的大小事“事不关己高高挂起”。一年前的高中同学聚会上，女生A连餐具都需要男友帮忙打开放好，湿毛巾需要男友张开帮她擦手，然后才开始吃饭，就餐期间大家各自吃各自的，嘻嘻哈哈聊着高中时期的趣事和大学毕业以后进入社会的经历，而A一直喊男朋友帮她夹菜，即使是面前的，也要男友夹到碗里，稍有不从，就当着大家的面哭闹。很多人说这个女生也没什么不好，只是有些大多数女生的小作而已吧。

我们最初也以为是这样，但晚上去唱歌的时候才知道，女生已经失业很久，因为在公司忍不了压力，于是辞职，男朋友让她不要放弃，这份工作不喜欢，还可以找下一份，换个行业，她就哭闹，说很多人都可以在家不去工作，为什么她不可以，自己想要歇一段时间再去。于是这一歇就是大半年。偶尔投个简历，有面试电话，她也会找各种理由不去，比如天气不好，比如要穿的衣服刚好洗了没干，时间久了，男生也烦了。因为两个人在一起很多年，所以大多数时候还是让着她。

前不久在朋友圈看到女生发了状态：“说好了不分开，却这么容易就放弃。再也不相信爱情了。”

看情况是分手了。我们几个高中同学私下里聊起这件事，都认为是女生不对。

小时候以为爱情是单方面的付出，不需要任何回报，也以为是一个人对另一个人好到天荒地老，长大以后，再也不相信这种童话故事。好的爱情一定是强强联合，而非一个人单打独斗，另一个像寄生虫一样追随着对方。

试想一下，如果你是那个男生，每天辛苦工作，回家还要面对这样一个女生，你是否会觉得疲惫？当你累了倦了想要一个人给你加油打气的时候，身边传来的却永远是抱怨和吐槽，你是否会觉得厌倦？

一个人的精力是有限的，生活已经如此不容易，如果再有一个人每天出来用很重的负能量拖拽拉扯你，每个人都会感到被拖累吧？像是一种负累，恨不得挣脱开，自己一个人反而轻松自在。我想这也是他们最终分开的原因。

女生可以适当地作，但绝不能把任何事都交给男人去做，因为自己也是爱情中的一员，未来的生活是需要两个人来共同撑起的。

今年随着感情渐渐稳定，开始考虑婚嫁问题，在决定和他结婚之前，我们聊了很多。我问男朋友，之前也有交过女朋友，为何都没有决定结婚？

他说，其实男生跟女生一样，初遇爱情的时候，都觉得很美好，女孩子像小花一样，男生则像大树，要为她遮风挡雨。时间久了，会更希望对方像舒婷《致橡树》里的木棉，能够和自己并肩作战。

男朋友回忆说，大学时期，自己当时的女友身份证丢了，都不知道如何去办，只是一味哭，最终是他联系学校和相关部门，把身份证在他们上大学的那个城市成功补办了。当时觉得没什么，但后来经历很多之后，还是因为一些事分手了。

遇到我之后，他才发现，原来爱情还可以这样，并不一定是自己一味付出，而是两个人术业有专攻，不计较生活中谁付出得更多，谁得到得更多，而是为了两个人的感情和未来的生活，并肩努力。他说，以前的爱情虽然单纯美好，却在遇到任何问题的时候，变成了自己的单打独斗，无论是对方的问题，还是两个人共同的困难，都是自己一个人全力解决，另一个人坐享其成。而当自己真的遇到什么烦恼，也不愿意向对方倾诉，因为自己心里清楚得很，对方是帮不上什么忙的。

我们在一起之后，他感到很轻松，因为我很独立，大多数事情自己可以完成，而当我们一方遇到问题，另一方都会很主动去帮忙解决，甚至做了很多对方没想到的事情，这样一来，似乎很多事情都变得容易起来。

他说得中肯，我也乐得一听。他说其实除了独立自主这个优点之外，他更喜欢我的一点是永远保持正能量。对自己的工作和生活都有计划和安排，未来如何走，有既定的大方向。他对我们的未来安排也很满意，说那是他想要的生活。

爱情就是这样，年轻的时候认为心动是爱情，长大以后，若想要幸福，就要爱一个拥有正能量的人，这样在自己消沉的时候，对方可以提醒你一句，在两个人都累的时候，也会彼此扶持着继续前进。

找个能玩到一起的人结婚

某次带着Z去找闺蜜吃饭，饭后闲着无聊，我们去了西红门的宜家家居，有那么一会儿，闺蜜在挑选餐具，我和Z就在不远处聊天。等闺蜜把餐具以及很多周边都逛完并把各种东西加入购物车之后，我们依然在聊天，于是闺蜜推着购物车嬉笑着走过来说，你俩怎么会有那么多话，这么久了还没聊完？！那时候我们才意识到，原来我们这么能聊！

有人问，该找个什么样的人结婚？我的回答就是，找个能玩到一起聊到一起的人结婚。

刚和Z在一起的时候，我们分别住在两个地方，每天各自上下班，晚上回到家第一件事就是开视频，然后一边收拾房间一边视频，那时候我就在想，真好，因为并不是每个人都愿意每天开视频聊一些无关紧要的话题的，可能有些人更乐意打游戏，有些人更乐意逛淘宝，而我们刚巧都愿意跟对方开着视频聊天。

大多数时候我们会聊工作，聊生活，聊对未来的规划，当然有些时候我们也没什么聊的，那时候就会一个人对着摄像头很夸张地唱歌，不出声的那种，然后另一个来猜对方唱的是什么。就是这样看起来无脑又无聊的游戏，也会被我们玩得不亦乐乎，分别在各自的电脑前笑得前仰后合。

后来我们同居了，有人说同居后会产生很多意想不到的矛盾，因为有着两种生活习惯的人住到一起，是避免不了的。而对我们来说，似乎并没有什么过渡期。Z是处女座，我是金牛座，我并不怎么相信星座，但有人说金牛是唯一忍得了处女座的星座，后来我发现，其实处女座也很能容忍金牛的任性和蛮横无理。

比如我喜欢乱丢乱放，Z就会跟我边收拾边假装嗔怪说："就不能放回原处吗？"然后会被我一句"你对我不好！"顶回去，然后笑着说："好好好，我给你收拾，你随便丢！”

在家里Z更像一个家庭妇男，比如每天早上会帮我收拾好一切，把公交卡放在我包的侧兜里，让钱包里总是保持有钱，把工牌放好，手机充好电也放好，然后才放心出门上班。时间久了真的会产生依赖，于是有那么几天Z去外地团建，我自己在家的那几天早上简直手忙脚乱，不是找不到公交卡，就是找不到充电器。那一刻突然感到，原来我们已经融入了彼此的生活。

有人曾问我，在一起久了，不会觉得没话说吗？共同爱好不多，该如何消磨晚上的时光呢？我和Z也没什么共同爱好，但我们在一起从未闲下来过。比如有段时间我们很喜欢快本上的一个游戏，就是两个人背上贴一个词汇的偏旁部首，然后类似撕名牌的玩法，一边守着自己的偏旁部首，不让对方看到组成词汇，另一方面要努力看到对方的词汇是什么，我们在家里的大床上玩这个游戏又玩了一阵子。

北京很大，我们经常坐很久的车去一个地方，于是在地铁和公交上，我们最常做的事情就是讲故事。每人一句，比如他说山里有个庙，我会说庙里有个和尚，然后接着会从小时候听来的故事编出都市悬疑等风格的后续，如果你在地铁公交上看到过一对情侣旁若无人在那里一边讲话一边哈哈，那很大可能就是看到了我们!

等餐的时间我们也会这么做，但如果是一家我们很熟悉的餐厅，知道上餐速度，那我们就玩联想游戏，一个词汇联想另一个词汇，直到菜上齐。比如祖国—爱心—桃子—毛毛虫—害怕—孩子—妈妈—xixi（我的名字）—最美……天马行空，能联想到的词都可以讲。当然了，你们会发现，很多时候都会被我歪楼成赞美自己！这时候我们又会旁若无人地笑作一团。

晚上我们一起看电视，有个云南白药牙膏的广告，一群白色的小人和细菌在扭动着身体作战。每次看到这个广告，我们都会不由自主地扭动着自己的身体去和对方碰撞，然后嘴里说着#￥%#@这些奇怪到自己都听不懂的外星语言，于是电视剧插播广告的空当，也变得有意思起来。

Z很细致，比金牛还细致。比如家里的垃圾袋他会分为彩色和黑色，黑色较厚，专门用来盛放厨房的垃圾，因为可能有水，彩色较薄，用来盛放其他生活垃圾。

我写字，专心刷网页的时候，Z会看书，偶尔也打开手机录一段我们的生活。我们不会无所适从，我想我们的相处模式就是都找到了自己的舒适区。

相处一年后，我们觉得彼此都是对方最想要的那个人，于是一个冲动决定领证。那天晚上，Z带着穿着随意的我，一路兴奋地跑到五道口，买了一颗钻戒，当时在想，就这样嫁了吧！

领证公布后很多人都惊讶无比，每当大家问起，我都统一回答，因为我俩实在太合适了，所以不得不这么早结婚。如果问领证前后有什么心态上的变化，应该就是更踏实吧。吵架不担心分开，出门上班总会记得有个人等你回家。

我喜欢生活中充满惊喜，于是我们不断去创造惊喜，比如给最喜欢的插画作家投稿，收到帮我们绘出一套属于我们自己的插画的时候，我俩都开心得像个孩子。

所以我说，要找个能玩到一起聊到一起的人，如此你们就会彼此欣赏，而不是看到的都是对方的缺点。生活中有很多值得做、可以做的事情，开动脑筋，生活可以变得很精彩！

请享受结婚前的自由时光

我大学毕业不到两年的时候，身边结婚的同学却有很多，甚至有些还做了90后辣妈。那时候大学宿舍中的八个人，其中五个已经结婚或订婚，而我却还未将婚姻提上日程。

结婚是大事，甚至对我们来说，很多时候像一个任务一样，因为这一生必须要完成，所以对某些人来说，越早完成越好。

突然想起知乎上面一个问题，说你身边结婚的人越来越多对你有什么影响，得票最多的回答是：对我的影响不大，对我妈影响挺大。笑过之后细想还真是这样。

刚毕业那会儿，我妈觉得我太小，需要一个人照顾，恨不得立马就能找到一个可以托付终身的男人把我给嫁了。尤其当身边谁结婚了，我妈定是有机会就要给我说几句，谁谁结婚了，谁谁嫁人了。后来随着思想越来越成熟，也便知道自己到底想要什么样的生活，于是给她说，放心，我会在合适的时候把自己给嫁了。我妈说，你大了，有自己的想法，也懂事，就不管你了，只是工作之余别忘了恋爱。

我看过一本书，叫作《三十岁前别结婚》，说实话起初有些蔑视这个书名，心想虽然我没嫁人，但也不用任何人来告诉我该什么时候结婚。读了之后，却深深被作者的自信和魅力吸引，更觉得作者简直就是知己。

现在依然印象深刻的有几个点。她说一个人成长最快的方法就是恋爱和失恋。没错，失恋也可以让人成长，从一段爱情中得到一些教训，学习一些东西，未尝不是好事。她说首先要学会和男朋友做朋友。这一点我深有体会。似乎以前对爱情的理解就是甜蜜的约会，看电影，逛公园。而现在的生活状态是，我和男朋友彼此把对方当成最好的朋友，我们共同去做都喜欢的事情，也不强求对方做我们自己喜欢的事情。有烦心事的时候，会第一时间想到对方，讲出来，然后想办法解决。

生活中有些比较大的事不好解决，我们会分工合作。在爱情中总会想要去改变对方的想法，我想每个人都会有，但是随着年龄越来越大，似乎这想法也渐渐消失了。因为作为朋友，你认识他的时候就是这样，他如果不喜欢他的状态，他会改变，而不会等到你来控制他改变。倘若真的是你不喜欢他的性格，那作为女朋友，或许你可以影响他，甚至跟他互补，而不是想着去改变他。读书之后明白了，没错，我们爱的就是他这个人本身，而不是他改变之后的完美形象。

很多女人担心自己嫁不出去，于是跟相亲对象匆匆结婚。可以说那是对自己的不负责。人这一生这么长，很难想象假如嫁给一个三观都不同、没有任何感情基础、不互相欣赏的人会是怎样的生活。二十几岁的生活该是怎样的？我是希望自己在生宝宝之前，事业可以做到一定水平，算算时间又开始着急。书中的作者说，不到四十岁，不要过分忧虑你的事业。没错，一切都还来得及，没有人会一毕业就有一份理想的工作。她说如果有一个很好的工作，那你接触好男人的机会就是现成的。所以在幻想偶遇好男人之前，先把自己武装好。现代社会快速发展，男人也不是傻瓜，如果他很强，定不会找一个什么都不会只是花瓶的女人来做老婆。强强联合才会更有质感，这个强，不一定是工作上。

很多女生都担心自己有一天成为大龄剩女，大多数人甚至惶惶不可终日，而也有一些会充分利用单身时光和婚前时光来提升自己，每天能量满满地做自己想做的事情，也坚信终有一天，自己可以华丽地站在对的人面前，说你好，我就知道你会来。

如果现在你还单身，或者还没结婚，请好好珍惜这段独处的日子吧！因为终有一天，你会成立家庭，到那时候，或许牵绊你的就不再只是现在这些事了。同时也请相信，终有一天，你会遇到那个对的人！

爱情，就是有人陪你鸡毛蒜皮

我们一起过周末，然后周一早上，我因为吹头发耽误了时间，他眼看着上班要迟到，出门前，我一边穿鞋穿外套，一边跟他说，秋天了，洗脸要抹油，然后让他去抹大宝，结果他很不耐烦地说了一句，整天抹这玩意干吗？一边说着一边往大宝那边走。顿时火冒三丈啊，我说那就不要抹了，拿起衣服就出门。他没抹油，我俩就去坐车，一路上谁也没理谁。

到公交站，我说你会好好说话不？同一个意思你能别用那么极端的方式表达吗？你完全可以告诉我，不喜欢抹油，等过几天真的太干燥，我再抹。然后他说，我本来就不太会说话（傲娇脸），当时恨不得……

然后一路上谁都不想讲话，到公司，他给我qq道歉，说老婆对不起，早上因为快迟到了，所以比较烦躁。

我说没事。但还是很生气有没有！我是好心提醒，凭什么不耐烦？于是，一天没理他。

晚上见面没讲话。我问他晚上吃什么，他说煮方便面吧。我说咱什么时候工作日这么凑合着吃了？他说有过啊。我说什么时候，他说我一个人的时候。我说不错，已经做好过一个人生活的准备了。那就吃煮面吧，然后就见他立马要怒，但是没说话。

晚上回家他写代码，我煮方便面。开始吃饭的时候，他去拿了一个咸鸭蛋剥开，还是谁都没理谁。他把蛋清咬了一口，然后把蛋黄都给我了，接着继续默默吃面。好吧，那一刻我承认，我被那个鸭蛋黄征服了，然后瞬间就不生气了。真心不是因为我是吃货，而是觉得吧，两个人吵架生气的时候，他还对我好。

我来公司给同事说，同事嘲笑我，瞧你那点出息，就被一个蛋黄征服了……

第二天我说我要吃什么什么，说了一堆东西，他说好，我说补昨天的，以后再给我吃煮面，我就离家出走。他说好，然后我问，昨天我拌了水果沙拉你为啥没吃？是不是因为上次我让你给我做，你没做，所以你不好意思吃？他笑了，说嗯。我说瞧你那点出息，我才不在意。他说你当下不说，以后会当一个话柄来说我。我哈哈哈哈，说你太了解我。他说我昨天晚上也超级生气，说什么要分手！我说谁要分手！他说你说要我过一个人的生活（委屈脸）。我说谁让你给我吃煮面。他说分你妹的手，以后我不给你吃煮面了。

他说你后来为啥理我了？我弱弱地说因为鸭蛋黄。

情侣间吵架就是这样，因为一点小事可以吵翻天，又因为一点小关心，彼此知道在乎，就又很快和好。吵架生气事后，我们总喜欢学对方当天的表现，然后把自己当时的心理剖析得一清二楚，接下来彼此嘲笑一番，继续吵吵闹闹在一起。

嗯，现在再也不像小时候，因为吵架就想要分手，因为吵架而担心未来，现在吵架就吵架，无所谓，感觉感情稳定，吵不散，大不了第二天被对方嘲笑，然后再嘲笑回去。

最后，鸭蛋黄，真的很好吃。

我等的人，ta在不远的未来

Chapter I　写在最前面

我遇见谁会有怎样的对白
我等的人他在多远的未来
我听见风来自地铁和人海
我排着队拿着爱的号码牌

——孙燕姿《遇见》

有人曾经问我；“在7050亩的校园内，两个人遇见的概率有多大？在距离1km的两端，两个人遇见的概率又能有多少？”对此我的回答是：“这个概率也许是100%，也许是0%。”因为即便生活在同一栋楼里，如果每次出门都是一个向左走，一个向右走，他们终究是有缘无分；即便生活在地球两端，如果心灵相通，他们也一定会在世界的某个角落遇见。

我们每天都会遇见不同的人，经历不同的事。在错误时间里遇到的人，是一场注定的错误；而那些正确时间里遇到的人，便是注定的缘分。错误终究会被纠正，纠正后我们会继续上路，而缘分会将两个人始终连在一起，无法分开。

缘分到底是什么呢，我也无法给它一个确切的定义或公式。我只能说缘分是一种奇妙的东西，是一根紧紧联系着他和她的红线，是一支来自丘比特的神箭，总之只要感受到了缘分的存在，就说明你已经遇见了最合适的ta。

很多人正像韩寒的《后会无期》里所说的一样——听过很多道理，却依然过不好这一生。他们坚信缘分的存在，却无法找到属于他们的缘分，他和她始终生活在互相平行的空间里，不断擦肩而过，却不知何时能够相识相知相爱。

也许在茫茫人海中，L先生和Z小姐算是幸运的，他们在正确的时间遇见了彼此。

L先生，一个公司的普普通通的经理，在没有遇到Z小姐前，谈过一段刻骨铭心的恋爱，却以重伤收场。从那以后，L先生再也没能鼓起勇气去爱一个人，准确说他失去了爱的本领。

Z小姐，一名规划设计师，在没有遇到L先生之前，交过一个男朋友，但弄得满身伤痛，无法自拔。

L先生和Z小姐的人生轨迹仿若两条平行线。在同一个校园里读书四年从未相遇，在同一座城市上班三年，即便住在只隔着两条街的地方，也未曾谋面。他们在自己的世界里独自成长，却从来不知道有那样一个注定遇见的人在咫尺之处和自己不断错过。一次、两次、三次，也许这一次次的错过，就是为了在最合适的时间、合适的地点相遇。

所有的过往，只有在回头时才明白，那是抵达未来的必经之路。回到八年前的那个夏天，这两条平行线的起点。两个看似毫无关联的人，在这座共同的母校里，叠起了怎样的平行空间。

Chapter II　故事的起点

在相遇的城市迷失之前

寻找一张似曾相识的脸

握在手中的风筝断了线

——梁咏琪《向左走，向右走》

2007年的夏天，是L先生和Z小姐故事的起点。

那一年，L先生18岁，刚刚经历过人生第一个重大的考验——高考。按照L先生高考前历次摸底测验的水平，应该可以轻轻松松进入南大之类的名校，选个不错的专业。可惜高考的时候，L先生在他最擅长的专业——化学和生物上意外失手，而本来不怎么争气的语文更是给L先生的成绩雪上加霜。预估成绩后，为了保证不落榜，L先生选择远走他乡，只身前往四川大学，成为2007级工商管理学院的学生。

同样那年，Z小姐20岁，是川大建筑与环境学院大二的学生。说起Z小姐的高考，也不顺利。失误了两科的她，也只能退而求其次，选择了川大。

同样的高考失利，也意外地进入了同一个学校，L先生和Z小姐在川大的江安校区神奇“相遇”了。

2007年的江安校区刚建成不久，规模还不算很大，但整个校区非常美丽规整，生活区、教学区各据一方，中间以高校第一长桥为纽带联系着。

一条两三百米长的商业步行街东西向贯穿生活区，十七个围合式的宿舍楼散布在商业街两侧。粗粗分来，南侧为男生宿舍，北侧为女生宿舍。

L先生入学后住在3号宿舍，这里虽然不是“面朝大海，春暖花开”，但是一眼可览校外那片蔓延开去的黄色油菜花田，倒也赏心悦目；Z小姐一直住在10号宿舍，虽然窗外没有美景，但靠近澡堂、食堂、医院，生活足够便利。3和10仅仅隔着一条不算宽的商业街，而这也成了两个人的分割线，他在街的左边，而她在街的右边。

对于不能轻易走出校门逍遥的学生而言，商业步行街自然而然成了大家最喜欢的地方，在这条街上，吃喝玩乐一应俱全，超市、奶茶店、水果店、复印店、食堂、饭馆比比皆是。

每天，L先生下课后，都会和舍友到商业街上吃吃饭，喝喝奶茶，打打台球；Z小姐放学后，也会拉上闺蜜到商业街采购生活用品和水果零食。只不过每次吃喝玩乐过后，L先生就会向左走，Z小姐则向右走。

教学区由教学楼、图书馆以及各种奇奇怪怪的实验楼组成。最漂亮的当属图书馆，犹如一本翻开的书籍坐落于明远湖畔，四周草地环绕。每逢出太阳的时候，总能看到一对对的情侣在那里打情骂俏，一群群的朋友在那里嬉戏玩闹。

每天一大清早，图书馆门口就排起了长长的队伍，直到晚上闭馆的时候，大家才成群结队离开。每到考试来临，这种泡图书馆的现象愈加明显。并不是每个去图书馆的人都是为了学习，有的是为了看小说，有的是为了上网，也有一些极其过分，纯粹是为了躺在沙发上睡大觉。

当然，这里也曾有L先生和Z小姐的身影。

每当天气好的时候，L先生总喜欢约上几个好友，到图书馆外的草地上摆摆龙门阵，吹吹小牛；Z小姐也会约上三五闺蜜，聊聊少女心事，顺便八卦。

每当考试来临，L先生定会在清早一手拎着豆浆包子，一手抱着考试材料，跑到图书馆二层管理类书籍聚集的地方占座，没日没夜地啃书复习；Z小姐则会在清早抱着一大摞的图纸、工具，披散着头发，跑到五层绘图区占桌，夜以继日绘制草图。

连接生活区和教学区的就是全国高校内最长的长桥，这座桥不仅长，还很浪漫。桥面上散落着很多英文单词，这些词汇拼凑起来正是威廉·巴特勒·叶芝的诗歌《当你老了》：

When you are old and grey and full of sleep
And nodding by the fire，take down this book
And slowly read，and dream of the soft look
Your eyes had once，and of their shadows deep
How many loved your moments of glad grace
And loved your beauty with love false or true
But one man loved the pilgrim Soul in you
And loved the sorrows of your changing face
And bending down beside the glowing bars
Murmur，a little sadly，how Love fled

And paced upon the mountains overhead

And hid his face amid a crowd of stars

每天早上太阳升起，Z小姐都会迎着朝阳，穿过长桥，到图书馆外晨读。晨读结束后，她再返回食堂吃早饭。而L先生每天会睡到自然醒，一直赖床到上课前十分钟，才从床上跳起来，简单洗漱，飞奔到食堂买了早饭，快马加鞭通过长桥，直奔教学区上课。

就这样，在美丽的江安，L先生和Z小姐度过了两年时光。他们每天都在校园里来回穿梭，曾在商业街上擦肩而过，曾在长桥上前后而行，也曾在那些对方驻足的地方停留，但是在这730天、17520小时、1051200分钟、63072000秒钟里，他们并没有认出彼此，甚至从未听说过。不自知中，他们的故事就从这里开始，此后会发生什么，在那一刻，其实他们自己并不知道。

Chapter III　成都！帝都！

众里寻人

错爱只是为真爱做证

所谓魔鬼留下的伤痕

都是天使的指纹

灯火阑珊何必急于看到那个人

——孙燕姿《天使的指纹》

时间一转眼，过去了两年，L先生已不再是当年那个青涩的新生，而Z小姐也从一名本科生晋升成一名研究生。他们从新校区搬到了望江老校区，在这里开始新的篇章。

望江校区由于建设得比较早，所以没有那么规整，居民区、教学区与宿舍区完全混杂在一起，而且相对于江安校区更具有生活气息。每天大清早就可以看到很多退休教师在校园遛遛早、散散步，出太阳的时候一帮人就到体育馆附近喝喝茶，总之用四川话来说，就是“巴适得板”。

在望江小区，L先生住在东2宿舍楼，Z小姐住在东7宿舍楼，两栋宿舍楼虽然没有迎面相望，但也相距不远。

L先生住的宿舍楼离小北门比较近，小北门是老校区最有意思的门，因为这个门只有两条通道，每条通道容纳一个人穿过，稍微胖一点的只能横着身子勉强挤过去。

而在小北门外1km的地方就是成都最出名的酒吧一条街——九眼桥。L先生经常带着小伙伴们浪迹在这片地区，而Z小姐也很喜欢带着闺蜜跑到小北门外吃老妈蹄花、豆花火锅等各种美食。

在这一年，L先生20岁，在望江遇到了他的初恋。初恋女友比他小两岁，他们相识于学生会的外联部，在那里，他是她的部长，带着她逐步成长，她渐渐成为学校里的佼佼者，参加比赛不断获奖，学生工作也做得越来越好。而在这段时间，L先生完全充当了幕后男人和军师。不管怎么样，毕竟两个人差了两岁，当L先生毕业之后异地了一段时间，便渐行渐远，走到了分手。由于L先生当初爱得很投入，所以分手后也伤得很深。也许他们的分手是注定的，因为上天会让L先生在未来遇到更好的姑娘。

在这一年，Z小姐22岁，研究生的生活单调了不少，除去接接私活儿以外，就是给导师充当廉价劳动力。研究生期间，Z小姐干得最疯狂的一件事就是用积攒了很久的接私活儿的钱，买了人生中第一部单反相机。要知道，当她捧回相机的时候，口袋中仅剩下十五元，而这些将成为她一周的生活费。

即便当年物价没有飞涨，学校食堂有补贴，任何人都不可能活过两天，但是Z小姐竟然整整撑了一周。按照她室友的说法就是“只要有相机就可以了，她看着相机就可以吃饱”。虽然这样说有点过分，不过Z小姐确实在每次饿得厉害的时候，就会翻出她的宝贝单反摆弄一下，然后在心里暗示自己：“我其实一点都不饿，我有满满的精神食粮。”

总之，不论怎么说，Z小姐的疯狂也就仅限于此了。

时间飞逝，很快，L先生就要毕业了。

和所有的毕业生一样，L先生也在忙着实习，忙着求职，忙着论文，忙着吃饭，忙着喝酒，忙着流泪，忙着告别，总之一切都是在忙着的状态中进行，毕业季濒临结束的时候，L先生每天都处于醉醺醺的状态，白天喝完，晚上喝；饭馆喝完，宿舍喝。告别成了那个时间段的主旋律，每天送走不同的朋友，送他们上火车，送他们上飞机，送他们离开故土，送他们踏上征程。当送别了所有人之后，在2011年7月10日，L先生独自一人拖着行李箱，关上了寝室的门，离开了川大，离开了那座他生活了4年的城市——成都，前往他人生的下一站——帝都北京。

而同一年三月开始，Z小姐也暂时告别了学校生活，鬼使神差地跑到帝都实习闯荡。在这段时间里，Z小姐一直生活在北京的西三环，每天朝五晚九的工作，不单调也不热闹地过着。而七月就是实习期结束的时候，Z小姐从帝都飞回成都，进入学生生涯的最后一年。

当Z小姐站在首都机场的登机口时，L先生的飞机刚好在首都机场降落，他们彼此都不知道，这架载着L先生踏上帝都征程的飞机，将带着Z小姐回到成都。

Chapter IV　平行线的相交

如果没有遇见你

我将会是在哪里

日子过得怎么样

人生是否要珍惜

——邓丽君《我只在乎你》

在首都机场，L先生再次与Z小姐擦肩而过，当然这并不是第一次，也不是最后一次。

L先生在帝都开启自己打拼征程的同时，Z小姐也进入了研究生毕业阶段，各种忙碌，忙实习、忙求职、忙答辩、忙聚会。与L先生不同，Z小姐相对理智，吃每一顿散伙儿饭都没有哭。Z小姐之所以不哭，并不代表她与她的同学感情不深，也许是因为本科毕业的时候已经把眼泪都哭干了，也许是因为在研究生时代每年都送师兄师姐离开，对这种聚会司空见惯，也许是因为她始终相信虽然我国幅员辽阔，但在未来的某一天终究会再次相见。不论是哪种原因，Z小姐就是没有哭出来。当Z小姐将所有朋友都送走后，自己内心也是暗生感慨，可能缘于众多好友离去之后感受到的一丝落寞，也可能缘于对未来不确定的一丝担忧。

谈到未来，说来也巧，Z小姐毕业后抱着一腔执念到北京工作。工作地点在三元桥静安东街，而L先生就在离Z小姐不到1km的柳芳北街的静安中心上班。最重要的是，Z小姐和L先生住的地方也离得很近，Z小姐住在711附近，而L先生住在静安中心对面，两处相隔不超过200米。只不过每次上班的时候，Z小姐出门都是向右走，而L先生是向左走。

在北京，应该是Z小姐和L先生物理空间距离最近的一次。在江安校区，他们相隔一条街；在望江校区，他们相隔几栋楼；在帝都，他们只相隔不到200米，这个距离只要北京没有雾霾，他们迎面相望，就可以看到彼此的身影。

在Z小姐到达北京后的两年，虽然他们经常路过彼此住处的门口，彼此公司的门口，彼此常去的餐馆门口，仍然没有发现，在平行世界中还有一个ta存在着。

这两年里，Z小姐和L先生也像很多北漂的青年一样，各自埋头苦干，辛苦耕耘事业。L先生凭借努力和才华，很快得到了加薪和晋升，而Z小姐也通过不断拼搏奋斗，迅速得到了老板的认可与赏识。此时此刻，他们似乎已经得到了应得的一切，除了一个相遇的时机。

2014年一个夏天的傍晚，L先生慵懒地从床上爬起来，看着窗外天色暗了下来，不由得感觉肚子咕咕直叫。他叫上室友，随便换了套衣服，穿着人字拖，邋邋遢遢出门觅食；而此刻的Z小姐仔细打扮出门，前去参加闺蜜的生日party。

在路上，L先生和他的舍友对吃什么一直争执不休，L先生想吃大餐，他的室友以最近手头紧不能铺张浪费为由，断然拒绝了L先生的奢侈要求，无奈之下，双方折中意见，决定前往老友记；此刻Z小姐已经在老友记里开始为朋友庆生。

说来也奇怪，平时老友记一向人山人海，一座难求。偏偏这一天，除去Z小姐和她的闺蜜以外，一个人也没有，而在Z小姐的闺蜜中，有一个人恰好是L先生的同事——壮壮。

当L先生踏入老友记大门的时候，一眼瞥到壮壮，便大老远寒暄了起来。

L先生打招呼："哟，死胖子，你也在呀。"

壮壮也不甘示弱地回了一句："哟，死胖子，你也来了。"

L先生还不依不饶："你这么胖，还敢说我胖。"

壮壮更是针锋相对，对着Z小姐的闺蜜说："让大家给评评理，看看谁更胖。”

探讨谁更胖，是L先生和壮壮一贯打招呼的方式。第一次见到这种极其拗口的方式，Z小姐的闺蜜几乎笑得前仰后合，唯独Z小姐礼貌微笑。

简单寒暄过后，L先生和壮壮互相介绍各自桌上的朋友。然后，L先生和Z小姐就在相邻的两桌各吃各的。由于Z小姐和她的朋友比L先生早到，吃完饭就起身结账先走。

临走的时候，Z小姐礼貌地对L先生说：“很高兴认识你，有空再见。”

L先生也礼貌地回了一句：“我也是，有空再见。”

就在这方圆不足20平方米的老友记内，Z小姐和L先生终于相遇了。他们第一次见面、第一次聊天、第一次打招呼。

在Z小姐和她的朋友刚踏出老友记的时候，L先生的微信响了。

他打开一看，是壮壮给他的信息：“怎么样，刚才那个姑娘不错吧。”

L先生随手回了一句：“哪个姑娘？我没发现呀。”

壮壮立刻回了一句：“就是那个长头发戴眼镜的姑

娘，她临走还和你打了个招呼。”

L先生不以为然，继续与室友吃吃喝喝，就在他放下手机的一刻，微信又响了，原来是壮壮将Z小姐的微信名片推荐给了L先生。

L先生随手点开Z小姐的名片，加了她的微信。

在成都整整四年，他们未曾遇见；在帝都又整整两年，他们也未曾谋面；而此刻，这两条平行线终于相交了。

Chapter V　从相识到吃货之交

是谁给感觉起了名字

让我们自以为有共识

这会不会是场天大的误会

——孙燕姿《错觉》

L先生虽然加了Z小姐的微信，但由于他们工作非常繁忙，因此没有聊过天。

直到有一天晚上，L先生不知为何突然想起Z小姐，就给她发了条微信："hi，不好意思，上次见面没来得及问你的姓名，你叫什么呢，我做个备注。"

这条微信看起来既官方又无趣，但也许是L先生能够想到和陌生姑娘"搭讪"的唯一方法。在发送这条微信的时候，L先生并没有期望Z小姐回复他，在他看来，Z小姐可能早就把他忘到天边去了，更何况这样的开场白，在姑娘们看来确实无聊透顶。

发完这条微信，L先生继续加班工作，刚锁完屏，一条微信消息就过来了。

L先生以为是Z小姐的回复，赶紧打开手机查看，结果发现这条消息并不是来自Z小姐，而是来自他的leader："那个产品需求什么时候能够上线？"

看到这条消息，L先生叹了口气，不由得心生感慨：为什么除了工作有人找自己，其他事情从来没有人找自己，难道自己天生就是工作狂的命？其实，在L先生心中，工作只是生命中一个重要组成部分，但并不是他的全部。

突然间，手机屏幕又亮了，L先生以为又是leader催问进度，内心很不爽地瞥了一眼，结果惊喜地发现，竟然是Z小姐的回复。他内心很是喜悦，毕竟今晚除了加班以外，还可以和姑娘聊聊天。

L先生打开微信，看到Z小姐回复："大家都叫我小天，你也可以这么称呼我。"

"哈哈，大家都叫我七爷。"L先生立刻回复。

"七爷？为什么叫七爷呢？"Z小姐很好奇。

"哦，这个嘛是有一段故事的，而且有点长，以后等有机会了，我当面给你娓娓道来。"L先生似答非答，给Z小姐解释了一下。

"呵呵，好吧。"

看到Z小姐回复得如此高冷，L先生顿时感到很尴尬，深深觉得对话可能就此终结。为了保证还能够继续下去，L先生赶紧新开了一个话题："对了，你是哪个学校毕业的。"

"川大。"

"哈哈，我也是川大毕业的。"L先生心想对话终于不会终结于此了，赶紧追问："你是哪个学院毕业的，什么时候毕业的呀？"

"我是建环学院的，2012年毕业。"Z小姐回复。

"原来是学妹呀，哈哈，我是2011年毕业的，工商管理学院，管理科学系。”

“你是硕士吗？”Z小姐问道。

硕士？L先生发现自己冒失了，于是急忙道歉：“哎呀，抱歉抱歉，原来是学姐，我是2011年本科毕业的。”

“不用叫学姐，这样听起来，我很老似的。”

“好，好，那就不叫学姐，还是叫你小夭吧。对了，你平时喜欢玩什么呢？”L先生机敏追问。

“我平时就是拍拍照片，读读书，也没有什么特殊的爱好。”

“啊，我也超级喜欢拍照片的。”L先生回答道，“有空一起出来拍照吧，顺便请你吃个饭。”

L先生和Z小姐聊到很晚。这是他们第一次聊天，虽然聊天内容仍脱离不了陌生人刚认识就查户口的模式，他们依然聊得很high。从毕业出身到兴趣爱好，什么都聊。当然，这一晚，L先生什么都没有做完，虽然转天早上有可能被leader骂得狗血淋头，他仍然开开心心睡觉去了，貌似早就把工作抛到九霄云外。这也难怪，很久没有人和他聊这么久这么high，而且还不是工作的事情。

很快，L先生和Z小姐熟络了起来，他们每天都会在微信上聊两句。每当Z小姐不开心的时候，L先生就会在微信上安慰她，鼓励她；每当L先生在工作上遇阻的时候，Z小姐就会在微信上为他加加油，鼓鼓气。当Z小姐遇到开心的事情时，会先跟L先生分享；当L先生工作上小有成就时，也会先向Z小姐“显摆”。

日子一天天过去，想当初，L先生和Z小姐第一次见面的时候还是夏天，到现在，北京已进入深秋。与以往不同，虽然这一年北京秋天很冷，但对于L先生和Z小姐来说，由于多了一个知心好友，这个秋天格外温暖。

深秋的某一天，L先生翻着好友的朋友圈，发现北京的银杏已经黄了，而且特别漂亮。他突然想起Z小姐也喜欢拍照，便打算约她出来拍银杏。

“我们去拍照吧！去三里屯拍银杏！”L先生给Z小姐发了条微信，顺便发了一张别人拍的图片。

“好呀好呀，什么时候去。”Z小姐立刻回复。

“择日不如撞日，就这个周日吧！周日下午两点，我们在三里屯使馆区那边会合。”L先生愉快地回复。

“好的，就这么决定了。”

2014年11月2日下午，Z小姐和L先生在三里屯使馆区第一次“正式”见面。那天下午，北京的天气出奇的好，太阳相当捧场地来了一个温柔的普照，让秋风也是满满的暖意；天空蓝得很纯净，还带着两三朵白云，算是北京罕见的蓝天了。虽然有一点点风，但不会很冷，给这场见面铺设了一个完美的背景。从专业角度来讲，这样的天气非常适合拍照。

L先生和Z小姐在银杏大道上漫步，从各自的镜头里捕捉美景，并没有太多语言上的交流，只是偶尔切磋一下摄影技巧。

经过一下午边走边拍，L先生和Z小姐的肚子早就饿得厉害了。

这时，L先生问Z小姐："晚上想吃什么？"

"我想吃西餐，你有什么好的推荐？"Z小姐看着L先生。

"当然有啦，附近有家不错的意大利餐馆，我们可以去尝尝。"L先生很得意地向Z小姐推荐了餐馆，以证明自己是个"合格的"吃货。

"好呀好呀，我最近好想吃意大利菜，你怎么知道的？"Z小姐开心道。

"你忘了，前段时间，你还跟我提起过，想吃意大利菜来着。"L先生笑着回答道。

L先生和Z小姐跟着导航找到了那家意大利餐馆，点了餐，边吃边聊有关吃的话题。

“怎么样，这个地方的菜式还是蛮地道的吧。”L先生貌似在刻意向Z小姐显摆自己推荐的餐厅多么靠谱。

“还不错呀，味道很好，服务嘛，也挺好的。”Z小姐眯着眼笑着。

“嗯，吃得满意就好。”L先生边说边示意服务生上餐后甜点，“咱们尝尝这家餐馆的甜点，我朋友说甜点也是蛮赞的。”

“好，其实我也是吃货，在北京这么几年，也吃过不少地方。”Z小姐说。

“哈哈，那敢情好，我们可以一起列个吃货清单，把想吃的菜式和餐馆都标注下来，然后吃遍北京城。”L先生边说边举杯，与Z小姐庆祝这个伟大的吃货计划诞生。

别人可能说过就忘了，不过L先生和Z小姐是那种想到就立刻行动的人。Z小姐立即从背包中拿出笔和纸，L先生把想吃的美食一条一条记录下来。

东南亚菜

印度菜

北京官府菜

四川菜

四川串串香

希腊菜……

列着列着，整张纸都列满了，Z小姐说："好啦好啦，就先列这么多。列太多了，也吃不过来。我离开北京前能够吃完这些就心满意足了。"

听到Z小姐说要离开北京，L先生内心咯噔一下，不过他还是勉强笑着对Z小姐说："没问题的，在你走之前，我要带你吃遍帝都。"说着他又一次举起了杯子，"让我们为这个伟大的吃货计划，cheers。"

"Cheers。"Z小姐也举起了杯子。

接下来的日子里，他们真的"严格"执行他们的计划，从798吃到簋街，从簋街吃到五道口，从五道口吃到三里屯，可说吃遍了整个北京城。这种恐怖的执行力，简直让人叹为观止。别人做朋友一般都成了"金兰之谊，莫逆之交"，而他们则成了"知心好友，吃货之交"！

还是接着说回三里屯拍银杏的故事。那一晚，他们各回各家，各自处理完照片，然后先后仅差几秒，分别将自己的图片发布到朋友圈。他们之间的共同好友只有L先生的同事壮壮，他先是看到了Z小姐的图片，然后看到了L先生的图片，瞬间惊呆了，然后分别在两个人的朋友圈下回复了同样的话："你和L先生/Z小姐是不是一起出去玩了，你们拍摄图片的角度虽说不同，但是经过我严密的分析，你们拍摄的是同一个物体。"

看到这条回复，L先生和Z小姐几乎同时打开了微信，想和对方聊这条回复，但是当他们看到微信上对方的状态都是"正在输入中……"的时候，都停下来了，貌似在等对方先说话。

L先生看到Z小姐没有发消息过来，便随手发了一句："你看到壮壮的评论了？"

几乎在同一时间，Z小姐也发了同一句话："你看到壮壮的评论了？"

这样的默契不禁让他们自己都感到诧异，不只是他们在同一时间向对方说了同一句话，而且双方就连拍照都选择了同一个景物，只是角度不同。这样的事情，在后来的日子里也发生过一两次。

也许在他们看来这只是巧合，从数学角度来看，巧合多了，就不再是"巧合"。

2014年，很多人出现又悄然消失，很多事发生又归于平静。2015年春天，Z小姐萌生了离开北京回到重庆的想法，她在微信上主动向L先生征求建议："七爷，你说我要不要回重庆呢？"

L先生回答道："为什么提出这个想法？"

"我爸妈年龄不小了，他们希望我回到重庆，可以在他们身边，我也打算回去照顾他们，但是在北京，有很多好朋友。"Z小姐写到这儿欲言又止，想对L先生说些什么，但仔细考虑一下还是没有说。

"回去也好，留下也罢，完全看你自己的想法，跟随你心里的想法去做就好。"L先生大大咧咧地回复。

"可是我很纠结呀，在重庆我可以照顾我的父母，在北京，我可以和我的朋友们一起happy，好难选择。"

"其实一点也不难呀。"L先生一本正经地给Z小姐分析起来，"我给你简单分析一下，你既然来到北京，就应该做到无怨无悔，毕竟回到重庆后，再回来代价还是蛮高的，所以你可以尝试找找喜欢的工作，毕竟北京工作机会多，至于朋友嘛，回去可以再交。"

看到L先生的分析，Z小姐几次想表达什么，不过最终她什么都没有讲，只是简单地说："好吧，我再仔细想想。”

此刻，也许Z小姐有很多话要对L先生讲，却不知从何讲起，而L先生也许情感比较大条，没有感受到Z小姐想说什么，也许他感受到了，却也不知怎么提起。

几天后，Z小姐在自己的朋友圈发了一条状态：“终究我还是要走的。”

L先生看到这条状态后，感觉自己作为Z小姐最好的朋友，应该约她出来吃顿饭，为她饯行，但又找不到什么好的理由。突然，他在抽屉里发现了那张吃货计划的单子，便心生想法，给Z小姐发了条微信：“知道你要走了，但是我们的吃货计划还没有完成，反正我这两天就过生日了，给我一点时间，让我们一起完成这个未完成的计划吧。”

“好呀，你什么时候生日呀，我给你准备个礼物。”Z小姐立刻回复。

“后天吧，后天是我生日的正日子，这天给你留出来，下了班，我过去找你。”L先生说。

“OK，那就到时候见了。”

在L先生生日当天，他们在第一次见面的地方——老友记共进晚餐。Z小姐送给L先生一个礼物，并叮嘱他回家才能拆开。

等到回家拆开礼物后，L先生很是感动。这件礼物是Z小姐亲手画的画，题名《初识，那个深秋》。画上是七片散落的银杏，象征着他们初次见面的场景。L先生给这幅画拍了张照片发到朋友圈，@了Z小姐：“这是我今年收到的最好的礼物，我会好好珍藏的”

然后他又给Z小姐发了条微信：“礼物收到了，我好感动，画得很好，我收藏了。”

Z小姐回复：“哈哈，不错吧，本来想给你准备更精细的礼物，但是由于很多东西都寄回家里了，身边就剩下笔和纸，想到你之前提过，还蛮喜欢我的画，所以就画了一幅，希望你喜欢。”

“喜欢，非常喜欢。”L先生想说什么，打了很多字，又全部删掉，只说了句：“你不是想吃希腊菜吗，周末走之前，我带你去吃，算是完成我们吃货计划中最后一项。”

“好呀，周末我还要见几个朋友，跟他们告别，周六下午吧，你看行不？”Z小姐问道。

“没有问题，我都OK的，看你的时间。”L先生说道，“只要你喜欢，周六和周日，我可以带着你再好好转转，可以去趟后海，那边的胡同不错。”

“好呀，那就周末见了。”

这一刻，L先生内心感觉有点不舍，但是他也说不出这种不舍是一种好友即将离开帝都的不舍，还是其他的感觉，总之他自己也不清楚为什么自己感觉那么不舒服，但是他很清楚自己已经改变不了什么，毕竟Z小姐已经决定离开，自己只能再好好和她相处这最后的时光。

Z小姐如约将自己离开帝都前最后一个周末交给了L先生。L先生如约带着她吃了希腊菜，重走三里屯——他们初次正式见面的地方，去后海拍胡同——Z小姐对北京的告别仪式。

当他们即将分别的时候，L先生掐着手指，故弄玄虚地向Z小姐说：“我昨日夜观星象，发现你的主星仍然在帝都，而且异常明亮，我推算，你回去后，必然会再回来，你信与不信？”

“什么？你什么时候，多了夜观星象这个技能了？我怎么不知道？七爷的技能果然好丰富！”Z小姐半信半疑地说。

“哈哈，七爷的技能可多着呢，你慢慢就会发现这些隐藏的技能，现在就问你一句话，你信与不信，最后你还会回到帝都，而且经我仔细推算，你不仅还会回来，而且还会为我而回。”L先生一本正经。

“少骗人，我才不信呢！”Z小姐笑着说，“你要是真能算到我会回来，那你当初怎么没算到我会离开？”

“算命这种事情，岂能随便算？这不是你要走了吗，我才送你一卦。”L先生说道，“要在平时，这一卦我可是要收钱的，哈哈。”

“好啦，就算你说的是真的吧，不过那是未来的事情，现在我是真的要走了。”Z小姐说。

微笑告别，Z小姐和L先生一个向右走，一个向左走，回到各自的家。第二天，Z小姐便坐上回重庆的飞机，而L先生依然在帝都独自生活。

在北京，Z小姐和L先生这两条平行线终于相交了，遇见了彼此。不过经过相遇、相识、相熟，又奔向了不同的方向，一个往南，一个在北。经过这段时间，他们不只成为好朋友，更成了“吃货之交”，而且貌似交情不止于此，也许在这一刻他们感受到那种超越朋友关系，只不过谁都没有说出来，未来会怎样，他们也不清楚。

Chapter VI　来自山城的思念

我的爱

明明还在

转身了才明白

该把幸福找回来

而不是各自缅怀

——孙燕姿《我的爱》

Z小姐回到重庆，立刻开始了新的征程，而L先生依然在帝都，继续日以继夜拼搏。一切看似回到了从前，两个人各有各的生活和忙碌。在这段时间，L先生与Z小姐并没有怎么联系过对方，甚至有时候会突然有一种彼此从来没有过交集一样的错觉。

在Z小姐离开帝都N个月后的某一天，她独自一人走在下班的路上。这一天她在公司刚被上司一顿狠批，心情极其沮丧，特别想约个朋友出来一起吃个晚饭发泄一下情绪。她反复翻着手机通讯录，给几个重庆的朋友发了同样的一条消息："出来吃晚饭不？"

很快，她得到了朋友们的回应，不过这些回应基本都是"对不起，今晚有约了"、"我已经吃完了"之类的推辞，在这一刻，Z小姐倍感凄凉，她感到重庆这么大，朋友这么多，难道想找个人一起吃顿晚饭都这么难？

在灯火阑珊的街头，她突然思念起远在帝都的朋友们，当然其中也包括她的"吃货之交"L先生。想到这儿，她给L先生发了条信息："七爷，在忙呢？"

消息发出去的瞬间，Z小姐并没有奢望L先生会立刻答复她。在她看来，L先生可能早就习惯了没有她的帝都，而她貌似也不应该再轻易打扰他了。

此刻，远在帝都的L先生还像以往一样在灯火通明的办公室里，苦逼地加着班。他面对眼前堆积如山、极其复杂的产品需求，感到无从入手。这一刻，他深深叹了口气，内心感到无比压抑。他已经开始怀念Z小姐在帝都的愉快日子了，至少当时他的生活还有个寄托。那个时候每天可以和Z小姐聊聊天，说说话，周末有空可以约出来吃吃东西，拍拍照片。仿佛只要Z小姐在，自己就可以暂时摆脱工作的烦恼。

此时，过往的一幕幕出现在L先生眼前，像重看了一次时光的默片。L先生脸上露出了久违的微笑，要知道，自从Z小姐走后，被各种工作压得抬不起头的L先生已经很久没有笑过了。

突然，L先生的手机屏幕亮了，他瞬间从美好的梦境堕入悲惨的现实。L先生打开手机，惊喜地发现Z小姐给他发来的微信，他回复："画产品原型呢，老板等着要需求。"

L先生发完微信，感觉自己不该向Z小姐抱怨，所以立刻补了一句："你有啥事需要帮忙，就跟我说吧，我能帮的尽量帮。"

走在路上，Z小姐的手机突然响了两声，起初她以为又是朋友的推辞信息，打开微信时，发现是L先生的回复，心情一下子雀跃起来。这种莫名的兴奋，可能是因为L先生兑现了她的奢望，也可能是欣慰地发现与L先生并未因距离而陌生。不论是什么原因，此刻的Z小姐已经喜出望外。

"唉，今天被领导批评了，内心可不爽了，想找个人吃顿饭发泄一下，都没有。"Z小姐随口抱怨了一下，“在这一刻，我发现自己突然想你了。”

“陪你吃饭，就恕我无能为力了，不过陪你聊聊天还是可以的。”感受到Z小姐在屏幕那端的郁郁寡欢，L先生暂时放下了手头的工作。

“哈哈，其实我知道你很忙，也不怎么需要你陪我啦，只要能够听到你说话，我就很开心了。”

听到我说话还不简单，L先生心想，给她打个电话就行了。于是L先生翻开通讯录，找到Z小姐的手机号。当他看到存了Z小姐两个手机号的时候，突然犯了难，因为他无法辨别出哪个是她重庆的号码，哪个是她已经不再使用的帝都号码。

这时，他灵机一动，拿起微信给Z小姐发了条语音：“本来想给你个surprise的，准备打个电话给你，但是发现自己存了两个号码，不知道哪个是重庆的，因此只能给你发个语音了。”

“182***5243，这是我重庆的号码。”Z小姐回复。

拿到Z小姐手机号码的L先生二话不说，立刻跑到空无一人的会议室，给Z小姐打了个长途电话。在电话里，他们从回忆帝都时光聊到这几个月的生活情况，互相倾诉互相倾听，一直聊了很久。

挂断电话后，L先生给Z小姐发了微信："以后遇到不开心的事情，随时可以找我，如果我有空了，就给你打电话；如果我在忙，会先语音回复你——总之，你随时随地可以找我，听到我的声音，这是你的特权。"

就这样，失联很久的他们又一次恢复了联系，也恢复了之前在帝都时的状态，每天有事没事都聊上两句，有时聊聊生活，有时聊聊工作，有时聊聊摄影，有时聊聊《跑男》，不论什么事情，都能随便聊很多很久。

慢慢地，盛夏悄悄离去，秋天偷偷来了。某一日，Z小姐翻看去年秋天自己拍摄的照片，突然想看帝都的红叶，于是L先生的手机上出现了一条微信："七爷，我想看红叶，你能拍给我看不？"

其实，这条微信发出的时候，Z小姐就有点后悔了。她感觉这样的要求有点过分，L先生凭什么帮自己去拍红叶呢。于是，瞅着那无法撤销的消息，等待回复的心情变得忐忑起来。

"OK，没有问题，我这个周末去给你拍。"L先生干净利落地回道。

看到这回答，Z小姐悬着的心暂时落地，回复：

“麻烦七爷了，为了我的一己之欲，特地跑出去拍照。”

“没事，这是我的荣幸。”L先生很绅士地回复，“就让我这次做你的眼，带你看看帝都的秋。”

“那就多谢七爷了，小女子感激不尽呀。”

在出发拍红叶之前，L先生做足了功课，在网上翻查资料，发现那段时间只有野香山山顶的枫叶红了，不过由于野香山尚未开发，所以山路很不好走。

为了达成自己对Z小姐的承诺，L先生还是毅然决然前去野香山，经过半天的艰苦跋涉，终于在山顶找到红透了的枫叶，那些红叶在余晖照耀下美极了。L先生迫不及待地用相机记录下这美妙的一刻，通过微信分享给远在重庆的Z小姐。

看到L先生拍到的枫叶，Z小姐开心不已，立刻回复：“辛苦七爷啦。”

“不辛苦，不辛苦，我权当周末出来爬山锻炼了，而且能看到这种美景，我也很开心。”L先生回复。

那一天，L先生回到自己的住处，仔细想了想，当初“要做Z小姐的眼，带她看看帝都的秋”，眼下单是给Z小姐拍了枫叶，就算兑现了承诺？显然不是，他应该用自己的镜头完整记录下帝都的秋天，作为礼物送给Z小姐。此时，在L先生心底，一个名为“我怀念的秋天”计划油然而生。他决定下个周末瞒着Z小姐，去三里屯拍银杏。

时间过得飞快，一周很快就过去了，L先生按照既定的计划，向三里屯使馆区进发。在那里，他将拍到的银杏叶照片微信给了Z小姐，然后附上了一句话：“猜猜这是哪里？”

看到照片后，Z小姐感到场景似曾相识，思考了几秒钟，立刻回道：“使馆区的银杏大道，当初我们一起拍照的地方。”

“是的呀，这就是我们当初一起拍照的地方，很熟悉吧？”

“嗯，是呀，好怀念当初和你一起拍照的日子，回到重庆后，我的相机都没有再用过，估计已经生锈了。”Z小姐风趣地说道。

“生锈？那还不至于吧。如果真的生锈了，拿出来打磨一下应该就可以用了。”

“打磨一下，也亏你想得出来，不过话说，为什么你自己一个人跑到三里屯去了？”

“没，不是我一个人，我和朋友来练习摄影，可不希望自己的相机生锈。”L先生极力掩藏着自己的企图。

过了一会儿，L先生又给Z小姐发了一张图片，同时附上了一句话：“看看这里熟悉不？”

“哇！”Z小姐回复，“这不是我们当初去过的希腊菜餐馆吗？”

“嗯，你还记得蛮清楚的嘛！”

“当然啦，我不只记得这些，还记得当初某人大快朵颐的时候不太优雅的吃相。”Z小姐讥讽道。

“哈哈，说起吃相，某人貌似也好不到哪里去吧。”L先生反讽。

“慢着，我感觉有点不太对呀，今天你不仅去了使馆区，还去了希腊餐馆。这是你怀旧之旅？”Z小姐机智地问道。

“怀旧？不，这都是巧合，我的朋友想在这里喝下午茶，所以我才跟来的。”L先生眼见计划要被拆穿，很牵强地为这些精心安排的巧合辩解着。

很快太阳落山了，此时Z小姐的微信又响了，这次L先生给她发了一张图，拍的是L先生和他朋友的晚餐。

L先生附上了一句话：“还记得这个奇怪的东西吗？”

Z小姐立刻回复："是那个意大利餐厅里的诡异比萨吗？"

"是的，哈哈，你的记性还真不错。"

"那是当然的，不过老实交代，今天你是不是特地去怀旧了？"Z小姐很强硬地问道。

看到计划已经瞒不住了，L先生终于老实交代："是呀，今天是我特意安排的怀旧之旅，本来呢，我就是想做你的眼，带你看看使馆区的银杏，不过没想到顺便走过了这几家我们曾经去过的餐馆。"

"哈哈，说来也巧，今天我也在怀旧呢，翻看着过去的照片，开始怀念帝都的秋、帝都的人了。"说到这里，Z小姐欲言又止。

"哈哈，我早就说过吧，你在重庆待不住的，早晚还会回来。当初我说的时候，你还不信，现在你信了吧。"

"信了，信了，不过我还是没有回去呀，所以你说的还是不准的。"Z小姐努力辩解道。

"好吧，不管你信与不信，我这两天又观了下星象，估计你很快就会回来，而且是为一个人回来。"L先生似乎想说什么，但是言语间又没有说清楚他要表达的意思。

那天晚上，L先生与Z小姐针对怀旧的话题又聊了很久很久，聊那些旧日时光，那些想念与惦记。透过彼此的言语，他们感觉双方的感情已经超越了好朋友，但是并没有进一步表述自己的感受，也许连他们自己都无法确定，那感受是不是一时兴起。

帝都的深秋，屋外常常狂风大作，寒气逼人，树上的叶子早就掉光，整个城市死气沉沉；而山城重庆的深秋，相对帝都而言是温暖的，叶子还是绿色的。

有一天，Z小姐发了一张图片给L先生，并炫耀："你看，我这儿的叶子还没有掉。"

"神气什么，帝都的叶子虽然掉光了，但据天气预报显示，周末就要下雪了，而且是特别大的雪。"L先生很不服气地回复。

"下雪！我喜欢帝都的雪景，如果今年帝都下大雪，一定要拍照片给我看。"Z小姐提出了要求。

"好，没有问题。"L先生一口答应了Z小姐的要求，"只要北京下大雪，我就带你去看雪。"

L先生就是这种性格，不论事情有多难做，只要是好朋友，特别是Z小姐提出的要求，他都满口应允，至于怎么做，就是另一回事了。不过无论如何，L先生都会想方设法兑现承诺。

很快，L先生兑现承诺的机会来了。帝都周末下了一场鹅毛大雪，而且下了一整天。那天，L先生的感冒还没有康复，不过为了达成Z小姐的愿望，他又一次背着相机出发，只身一人带病前往奥森公园，这一次不为别的，只为她能够在温暖的山城观赏到帝都的雪景。

L先生拖着病体，在奥森公园中四处寻找美景，拍照后微信给Z小姐看。

Z小姐收到图片后，回复："好美，真的好美，我从来都没有见过这么漂亮的雪景。"

"哈哈，你喜欢就好。"L先生回复。

"喜欢，真的非常喜欢，不过这么冷的天，你千万不要冻到了。"Z小姐关切地回复，"如果你冻到了，那我的罪孽就深重了。"

"没事，我虽然感冒还没有完全好，不过把自己包裹得很严实才出门，不信你看。"L先生随手发了一张自拍照给Z小姐。

"果然好严实，像个粽子。"Z小姐调侃。

"好吧，仔细看看确实有点像。"L先生回复，"怎么样，还是帝都好吧，不仅能看红色的枫叶，黄色的银杏，还能看白雪皑皑的美景，赶紧回来吧，省得我拍给你看，你可以亲眼看到，亲身感受到。”

“的确，有空我一定回去看看。”Z小姐回复。

此刻，Z小姐真的开始怀念帝都，准确说开始思念帝都风景、帝都的他——L先生，不过Z小姐还是不太敢确定这份思念是源自深厚的友情，还是其他的什么感情，总之，她的内心乱糟糟的。

女生一般在这种紧要关头第一时间总是想到拉闺蜜来帮忙厘清。Z小姐也并不例外，她将自己和L先生的经历以及自己的所思所想，透过微信一五一十告诉了小TING。小TING回复她：“不管成不成，还是去试试吧，一旦成了，也算了却一个心结。就算不成，也不用再每天想入非非啦。”

看到小TING的回复，Z小姐也深感赞同，于是她准备找个时机，试探一下L先生。

其实，缘分往往就是这么奇妙，两个人明明已经在帝都相遇相识相知，却又阴差阳错分离，一个留在帝都，一个返回山城，一个在北，一个在南。本来已经失联很久的他们，却又在机缘巧合下恢复了联系。

他为了安慰郁郁寡欢的她，愿意暂时放下手头的工作；他为了一句对她的承诺，不顾病体四处奔波，在他的内心，也许已经明白，和她早就不是吃货之交这么简单；而在她的内心，似乎也开始对他有了越来越多朋友以外的期待。

不过，无论对L先生也好，对Z小姐也罢，他们需要的还是一个对方亲口说出的答案，需要一个肯定，把那些忐忑和不确定击碎。

Chapter VII　情定帝都

你终于勇敢牵起我的手

你说你爱了我好久好久

我点了头紧握你的手

然后我们一起了

——林依晨《翅膀》

由于当初Z小姐走得匆忙，所以住房公积金没来得及迁回重庆。眼下，Z小姐在重庆买房，需要将这笔钱迁回。而办理迁移手续，便成了Z小姐回帝都一趟的借口。

在Z小姐看来，也许正是天意。借着这理由，她回到帝都，当面试探L先生。Z小姐心想，此去帝都一石二鸟，如果顺利，公积金办不办就不那么要紧了；万一试探失败，被发了“好人卡”，就把公积金迁移回来，也算在帝都再无牵挂。不论怎么说，此次回到帝都，都会是有收获的。不过潜意识里，Z小姐是希望公积金办不成的，如果这样，她就可以和L先生有情人终成眷属了。

回帝都前的几个日夜，Z小姐倍感煎熬，既感到兴奋，也感到恐慌。之所以感到兴奋，可能是因为要回到帝都这个她曾非常熟悉的地方，可以马上见到L先生；至于恐慌，多半是因为害怕L先生与自己想的不一样，害怕他给自己发一张大大的好人卡。

为了让自己更有底气，她决定先试探一下L先生的态度，于是给L先生发了条微信：“七爷，过几天我要回帝都，你有空不？”

“有空，当然有空。”L先生立刻回复，“哈哈，当初我说什么来着，你肯定要回帝都，这次被我说中了吧。”

“哪有，我这次是回去办理住房公积金迁移的。”Z小姐慌忙解释着。

“没事，不论你是因为什么事情回来的，我都会热情接待。”L先生接着问，“话说你什么时候到北京？最想吃什么玩什么？”

看到L先生如此热情洋溢的回复，Z小姐内心瞬间踏实很多。

“我这周五飞到北京，下周一飞回重庆，吃什么你决定就好，不过我一定要去趟奥森。”

“可以，没有问题，这个周末全部都由我来安排？”L先生问。

“这次回去要见几个北京的朋友，周五晚上那顿已经约出去了，周六中午那顿也已经约出去了，剩下的时间都空着呢。”

“说好的专程回来看我的呢？”L先生反问。

“谁说专程回来看你的呀，也太自作多情了吧。”Z小姐立刻回复，“不过除去已经约了的饭局，剩下的时间全听七爷安排。”

“OK，到时我都给你安排好，你就轻松享受这个帝都的周末吧。”

通过简单的几句聊天，Z小姐已经感受到L先生的心意，虽然还不完全清楚L先生的想法，至少现在她可以肯定一点，他们在一起的概率大大超出了她的心理预期，而L先生也非常期待这个周末。

有了期待，时间总是过得特别快，一转眼就到了周五。

这天早上，Z小姐在飞机起飞前发了条微信给L先生："七爷，我上飞机了，估计9点45分到帝都。"

发完这条微信，Z小姐就怀着忐忑的心情关上手机，前往帝都，等待她的将是什么，她自己都不清楚。

而此刻，身在帝都的L先生刚刚从床上爬起来，他打开手机，看到Z小姐的微信，大概算了下时间，估计自己可以在Z小姐到达帝都后先见上她一面再去上班。于是他回复了一句："等你到帝都，先给你一个惊喜。"

回复完微信之后，L先生就优哉游哉地洗漱去了。

9点45分，Z小姐乘坐的飞机准时降落在首都机场T3航站楼，当飞机还在落地滑行的时候，Z小姐就迫不及待地打开微信，看到L先生的回复，不禁猜想他到底会给自己什么惊喜。

就在Z小姐思考的片刻，L先生又发来了一条信息：

“尊敬的Z小姐，感谢你乘坐我们的航班来到空气清新的帝都，帝都的地面温度为2摄氏度，风速3级，请在下飞机前适量增加衣物以防感冒。”

看到这条微信，Z小姐差点笑喷，心想七爷这是搞的什么鬼，不过还是蛮贴心的。她顺手回复：“感谢七爷的温馨提醒，我已经成功降落。”

“真的吗？”

“是呀，你要给我什么惊喜呢？”

“哇，一下飞机就要惊喜，哪有这么多惊喜等着你呀，不要这么贪心。”

“哼，说好的惊喜呢，说话不算话。”

“哈哈，不逗你了，我给你的惊喜就是，你在帝都可以第一个看到我，这个惊喜够不够好呀。”

“挺好的，我估计还有半个小时才能到，如果太晚了，你就莫要等我了，赶紧去上班。”

“没事没事，我们弹性工作制，几点到公司都一样。”

时间一分一秒过去了，见到Z小姐还没有来，L先生开始有些焦急，一方面是周五还有一些重要的工作等着他处理，另一方面则是他的惊喜无法兑现了，于是他发了条微信给Z小姐："怎么样，到了？"

"还没有。"Z小姐发了一个哭泣的表情给L先生，"我堵在机场高速上了，你就不要等我了，赶紧上班去吧，晚上等我和朋友吃完饭，我再找你呗。"

"好吧，也只能这样了，那就晚上见！"L先生带着一丝沮丧去上班了。

也许这就是天意弄人，帝都的交通成为阻碍他们相见的最后一道屏障。

当天晚上，L先生早早做完了所有事情赶回家中，等着Z小姐的召唤，而Z小姐早已无心与朋友吃饭，心已经飞到了L先生那里。

饭局结束后，大概晚上7点多，Z小姐微信L先生："出来吧。"

"你在哪儿，我过去找你。"L先生回复。

Z小姐当时在凤凰汇附近，为了方便L先生找到她，随手将自己的地理位置分享给了L先生。

看到Z小姐分享的地理位置，L先生立刻回复："你等着我，我这就过来找你。"

由于当时Z小姐离L先生的住处并不远，所以没用几分钟L先生就赶到了。两个人一见面，L先生就嘘寒问暖：“哇，你穿这么少，也不嫌冷。”

“预计出错呀，没想到帝都现在这么冷呀。”Z小姐说。

“那就别在这里站着了，我们先找个地方喝点东西，我知道附近有家咖啡馆不错，我们过去坐坐。”

“OK，走吧。”

前往咖啡馆的路上，怕冷的Z小姐一边走一边搓手，这个细节并没有逃脱L先生犀利的双眼，他问：“是不是感觉很冷？”

“是呀，我来帝都后手一直是冰的，从来没有暖过。”

“我的手很暖，你可以试试看。”说罢，L先生将手伸到Z小姐面前。

Z小姐什么都没有多想，很自然地把手搭了上去。那一刻，她感受到了来自L先生的温暖，不仅仅是手上的温度，更多是来自心里的窝心的暖意。

“怎么样，暖和吧？如果怕冷，就不要松开了。”L先生说。

“真的？那我就不松开了哟。”Z小姐微笑地说。

此时Z小姐内心充满着喜悦，因为这是L先生第一次握住她的手，而且紧紧握住。一路上，两人的手再也没有分开过。

在前往咖啡馆的途中，有一个灯光昏暗的桥洞是必经之路。一般情况下，到了晚上，这里很少有人通过。当他们走到桥洞口时，Z小姐停下了步子，仰头问L先生："能不能不过这个桥洞？"

"不行呀，这个桥洞可是必经之路，你是害怕？"L先生一眼看穿。

Z小姐点了点头。见到Z小姐如此害怕，L先生便从背后轻轻环住了她，低声对她说："放心大胆往前走，有我在后面保护你呢。"

"嗯，有你的保护，我就不害怕。"Z小姐轻声说，"那你愿意一直这么保护我吗？"

说完这句话，Z小姐感觉自己太直白，但是话已出口，没法收回，只能安静地等待L先生的答复，这一刻她心跳如擂鼓。

"我愿意。"L先生收紧了怀抱，"我愿意一辈子都牵着你的手，陪着你走。"

就这样，L先生和Z小姐很自然地牵手，很自然地向对方表述自己的感情，很自然地在一起了。

在人群中兜兜转转，无数次擦肩而过后，他们就是很自然地在一起了。也许这正是所谓的缘分来了，挡也挡不住吧。如果是你，晚一点也没有关系。

也许他们正是双方生命中最重要的那个人，为了考验他们，上天故意让他们经历种种挫折，从平行到相交，从相交到分离，从分离到再次相遇，直到两条平行线终于在那天晚上彻底重合在一起。

Chapter VIII　陪着你走

你再困倦仍然没抱怨

逐点带我挨过考验

你手中有我所有需要

哪个又怕路途多么远

谁人未计路远为我奉献

我竟闭上眼也遇见

明明路已尽了差点放弃许愿

但是路尽头有天使

——胡杏儿《天使》

在茫茫人海中，L先生与Z小姐能够遇见彼此，是一种缘，而他们历经波折仍能“找到”彼此，是一种分。正是这种缘分，让他们一点点互相吸引，一步步互相靠近，最后自然地走到了一起。

在这段感情中，并没有什么轰轰烈烈的追求，也没有什么花前月下的浪漫，甚至连最后L先生的表白看起来像白开水一样，那么平淡无奇。

L先生虽然没有花言巧语，却朴实诚恳，看似平淡无奇，却意味深长。一句“陪着你走”足以表达他对Z小姐的感情，包含着爱情和浓浓的亲情。

也许很多人会问：“陪着你走，真的如此之难？”

其实，仔细想来，“陪着你走”应该是所有承诺中最不容易做到的。

也许又有很多人会问：“那究竟什么是陪着你走呢？”

陪着你走，就是在她开心的时候，跟她一起分享她的快乐；在她累的时候，给她肩膀让她依靠；在她委屈的时候，听她抱怨让她发泄；在她遇到挫折的时候，为她鼓气给她力量；在她哭泣的时候，拥她入怀为她拭去泪水；在她无聊的时候，陪她聊天解闷；在她疯狂的时候，陪她疯到底high到爆。总之，就是在她需要你的时候，不论那一刻你在做什么事情，处于什么状态，都要第一时间出现在她身边，陪着她照顾她。

也许陪着你走一天比较容易，但是一个月呢？一年呢？一辈子呢？估计能做到的人就寥寥无几了。

爱一个人就是要陪着她一路走下去。不论这一路上会遇到什么，都要携手共度，不可以抛弃对方。遇到困难，要共同面对，同舟共济，不能轻言放弃；遇到麻烦，要共同面对，一起研究对策，不能中途离开。

L先生和Z小姐应该会幸福，因为他们已经悟到“陪着你走”的真谛，会在未来的日子中，彼此陪伴着一直走下去！

谨以此文送给我的同事，也送给所有相信爱的你们。愿有情人终成眷属，愿所有走失的情侣都尽早相遇。

第三章

终有一天，我们会相爱

所谓浪漫

1.

据我爸说，他和我妈是相亲认识的，但他们也是高中同学，只是在那个时期，没有过多的交集。我爸聊起高中时期的我妈，总是一副欣赏加崇拜的表情，经常说：“那时候我和你妈同级不同班，你妈是尖子班的学生，我是普通班的学生。高中时期大家都很看重学业，所以每次课间如果你妈路过我们班门口，我们都会仰望一眼，眼神里充满了艳羡。”

毕业以后，一个去了部队，一个在读完师范之后当了教师，直到相亲，两个人才又第二次有了交集，也一直走到现在。我五岁之前，我爸一直在江西当兵，我小时候家里有两个特别大的行李包，有次翻开，发现里面装满了信，有些来自江西，有些来自吉林（在部队当兵期间，我爸曾从部队考到吉林又上了几年学），我想这些被保留完整的信件，在那些两地分居的日子里，我妈一定不止看了一遍。每一封信的开头都无一例外地写着"亲爱的某某"，也许在那个物质匮乏、信息交流不便的年代，也只能用"亲爱的"这三个字来表达爱意和思念了吧。后来我妈回忆说："我一次买二十张邮票，邮票粘完了，就把你爸爸粘回来了，就可以一年一度地见面了。"

针对这段经历，我爸也有他自己的一段回忆，他说有次收到我妈的信，看到一个不知名的东西，比划半天，才发现我妈是比着自己的手，画了一个轮廓，我爸说："那个时候真想把你妈一下子拽过来啊！"

我五岁的时候，我爸转业回家。从小到大，他总是被邻居和朋友称为模范丈夫，大家都说他疼爱我妈。比如吃饭的时候，他总是想着给我妈夹喜欢吃的菜，现在他们都五十岁了，这个习惯依然保留着。小时候我不懂事，还因为吃醋哭闹说为什么先给我妈夹，后给我夹，我爸就哄着我说：“你妈多辛苦啊，得让你妈吃好，我也给你夹，并且以后，你也会遇到一个给你夹菜的男人呢！”

当时想到，反正以后也会遇到一个给我夹菜的男人，因吃醋哭闹这事也就作罢了。

长大以后，我偶尔会跟我妈有分歧，争吵不休的时候，我爸会在旁边劝我，说不要跟你妈吵，咱不能让你妈生气，生气了就不多吃饭，不长肉怎么办。我总是在我爸说了这些话的第一时间让自己安静下来，更多的时候并不是因为真的感到我爸说得对，而是觉得不能让面前这个男人觉得我在欺负他的女人。

去年我妈五十岁生日的时候，我在北京，不能回家陪二老过生日，下午就找时间陪我妈网上聊天，她很开心地告诉我说今天不仅是她的阴历生日，也是我爸的阳历生日，我们都因为这样的巧合激动不已，晚上我订了一束百合送回去，祝他们生日快乐，第二天看到我妈发了一段日志，除了感谢我给她生日惊喜，还讲了一段我现在还记得的话，她说：“现在想想，我和老公做夫妻真是缘分，也想到我们做亲人、做朋友、做同事都是缘，所以要好好珍惜这份缘。”

我妈单纯，现在想想不仅是因为教师这个行业接触的圈子单纯，更是因为我爸把家里大小事都大包大揽，外面的事情也是我妈出主意他去办，所以等于是我爸一直都把我妈保护在那个单纯善良的世界里，不让她受一点伤害。

我爸对待我妈的方式，不像那个年代人该有的方式，我正恋爱，也没有像他们那样，每天都像在热恋。比如我爸早上如果走得早，出门前会走到我妈床前吻一下她的脸再走，我在家也是这样，我爸从来不避讳。我妈总是一副很嫌弃的样子说赶紧走赶紧走，脸上却又洋溢着抑制不住的幸福；比如我爸从来不让我妈去菜场买菜，以至于有时家里缺了什么，我和我爸都会争着去买，生怕我妈自己去累着；比如我爸有时候上夜班，下午四点走，第二天早上八点回来，晚上六点会打电话给我妈，问吃饭了吗？吃的什么？在看电视吗？聊天的内容很简单，却没有一天不记挂着我妈。我每次回家都艳羡不已，感慨他们人老心不老，爱情也跟着永远不会老。

2.

五岁之前，大多数时候我是跟着姥姥姥爷生活的，因为我妈没太多时间照顾我，我爸又在部队。姥爷是村里的医生，因为人善良，病人没钱的时候免费给拿药，有钱的也不多收，所以经常有各个村里的病人来看病，偶尔还需要出诊，但我和我弟都喜欢让他带着我们去玩。夏天天气热，姥爷喜欢没事的时候就带着我们去河边玩，水很浅，泥很硬，小孩子都喜欢水，于是我和我弟经常脱了外套，只穿着背心和小内裤在水浅的地方瞎扑腾着玩。

回家后我们免不了挨一顿骂，这个“我们”，也包括我姥爷。大多时候，都是我姥姥在院子里的花墙上给我和我弟洗粘了很多泥的衣服，边洗边骂，说孩子不懂事，大人也不懂事，这弄得衣服上都是泥，还不是都得她洗。然后我们三个人就在屋里偷偷捂着嘴笑，不敢出声。那种感觉，就像我们三个才是统一战线的。吃饭的时候，我姥姥依然会先板着个脸，说以后再去看不揍你们，然后跟姥爷说，以后再不许带我们去河边玩。我们三个就点头如捣蒜，说知道了知道了。然后互相看上一眼，偷着笑一下，表示我们下次得空，还是会去的。我姥姥见我们都点头应允不再去，也就不再骂，端上做好的饭菜，我们三个已经开吃，她却依然忙活着。姥爷喜欢在吃饭的时候喝一小杯白酒，所以每次我们都开始吃饭了，姥姥还要去给他倒酒。夏天的时候简单，端上来便是，冬天的时候，姥姥会把白酒倒进一个透明的小酒壶里，然后从热水里温热了，再给姥爷倒上，说暖心又暖胃。这个会因为姥爷带着调皮不懂事的我们去河里玩而骂骂咧咧的女人，和冬天费半天事只为给姥爷倒上一杯不凉口白酒的女人，有时候很难想到是同一个人。

2002年我12岁，姥爷突发脑溢血，当场就动弹不得，不会说话，甚至没了意识，送进医院检查之后，医生说让我们做好心理准备，脑溢血很难有奇迹发生，病人去世，可能就是一两天的事。我去看姥爷的时候，他躺在床上，睁着眼睛，却怎么喊他都不搭理，表情也没有变化，姥姥在旁边已经哭成泪人，拉着姥爷的手像个小孩子一样，含糊不清地说着“我不让你走，我不让你走，你走了我怎么办”，三天以后，姥爷还是走了。

因为事发突然，我们所有人都接受不了，料理后事的时候，所有人哭成一片。屋外还有很多附近几个村的乡里乡亲，说姥爷走了，以后看病都不踏实了，这么好的人，怎么走得就这么突然。姥爷走的那天我陪着姥姥，姥姥哭过安静下来以后说：“以前我喜欢玩条子牌，有时候在人家家里玩到很晚还不回来，你姥爷就去找我。以后，再不会有人像他一样喊我回家了。”我当时小，但和姥姥一样难过不已，因为失去至亲至爱而哭个不停。

现在已经过去十三年，最初的那几年，我们所有人都心照不宣，在姥姥面前从不提及姥爷，怕姥姥难过，也怕自己会抑制不住泪水。后来时间慢慢过去，大家开始接受这个事实，偶尔聊起过去，姥姥会像讲故事一样讲起他们年轻时的事情，比如他们一起在田里给西红柿插秧，比如他们一起养过一只叫黑子的狗，比如她从未后悔嫁给姥爷，即使姥爷在60岁的时候就去世，留她一个人在这世上孤单生活。

时间真是一剂良药，可以治愈所有的伤与痛。我时常在想，姥姥和姥爷其实也是浪漫的，虽然姥爷先走，没能陪着姥姥走完这一生，但他们在一起的时候，彼此相爱相依，一起养儿育女，在一方去世，另一个能坚强，照顾好自己的身体，还能在历尽世事之后说不后悔，这样也便是完美的。倘若真的有来生，希望他们还能再相遇。

3.

周五，财蜜TS从芬兰回国，组织大家在望京聚餐，来的人都是论坛里特别受欢迎的姐妹，所以聊得特别欢，结束后已是晚上九点半，我挎着包，拎着TS带的巧克力慢悠悠往回走，突然感觉面前伸过一只手，是男朋友进站来接我了。他很自然地拿过包问我，玩得开心吗？我拉着他的胳膊边晃边说超级开心，今天见了很多人，我们聊了很多线上没聊过的话题。整个过程就像小孩子刚从幼儿园放学回来，在给来接自己的家长讲述幼儿园里发生的趣事。我在北京第三年，自从遇到他，再晚回家都不怕，因为总有一个人会等你，会接你。

周日我在零食箱里发现了山楂卷，我问是哪里来的？男朋友说是新年的时候妈妈买的，留了一些带来北京，忘记告诉我了。我很欣喜地拿出来吃了好几个，他惊讶道原来你这么爱吃山楂卷！周一我带饭去上班，中午十二点大家开始热饭，我也放下手头的工作，打开餐包打算热饭，突然发现餐包里多了五个山楂卷，是他放的。那一瞬间，又有一种小孩子来上幼儿园发现家长在书包里放了一些喜欢的小零食的感觉，幸福感瞬间爆棚。

前些日子，我坐在电脑旁刷网页，男朋友坐在一边看书，时不时抬头看我。我突然想吃雪糕，就扭头对他说：“我要吃雪糕！”

看到他的时候，他正拿着手机对着我，像是在录像，但那个瞬间想吃雪糕的念头已经占据了我的整个大脑，见他忙着就委屈地说：“你在干吗？我要吃雪糕！”他笑着说你要吃雪糕是吧，我给你拿去，拿到雪糕立马开吃。他问我，好吃不？我说超级好吃。过了会儿，他拿着手机给我看，说你看，这是我刚才录的。

我看到镜头里的我，先是安静看网页，而后突然扭头说要吃雪糕，吃到以后脸上满足的表情，全部记录在案，我惊讶地问他，我平时大多数时候都是这个状态？他不容置疑地点点头。

我一直以为，我是理性大过感性的女生，生活中也不喜欢撒娇，可镜头里的我，完全是另一个模样！原来在爱的人面前，有时会是另一个自己。

有一天晚上，我忙着看书写书评，他自己在旁边看网页，突然跟我说：“以后我还是要多录一些你的生活日常，我都习惯你每天闹了，突然安静下来，我都不习惯了。如果我有视频的话，你忙的时候，我就可以自己看视频里爱闹爱笑的你了！”

我感慨：“还好我不是你女儿，如果我是，有天要出嫁，你一定会因为舍不得而不许我嫁人。”

那一刻他也许真的把我当女儿了，认真问我：“难道你还想出嫁！”

我说：“当然想啦，嫁给你啊。”

说完继续看书写评，留他自己无力反驳在原地。

小时候一直以为，王子一定要历尽千辛万苦，才能得到公主的爱，终于在一起以后，也要经历很多刻骨铭心，然后轰轰烈烈过一生才是浪漫；稍微大一些，又觉得生活不能太平淡，得时常有鲜花和礼物作为惊喜，才是好的爱情；现在长大，却变得享受日常生活中对方对自己细水长流的好，即使平平淡淡，却真真切切。这种浪漫，才是任何人都抢不走的，踏实又暖心。

终有一天，我会来到你身旁

几日前，突然收到一位好友的qq消息，她发了一个害羞的表情给我，我问她：脱单了？

她又发了一个害羞的表情给我表示默认，于是我便缠着她给我讲脱单故事。

其实很久之前她就跟我说过，她喜欢上了一个学习小组的男生，这个小组是她一个朋友在北京发起的，大概就是每周六下午三点大家会带着各自想要学习的东西跑到西城区的一家咖啡厅，结束后会一起吃饭，聊下自己近期的进步和工作，而这个学习小组中的成员，也都是工作了的人。

起初听她说那个男生，总是眼睛眯起来，回忆带着笑地告诉我们他有多帅多阳光，自己有多盼望着周六到来，再后来有次见她，很落寞，问起原因她说刚得知学习小组里有另一个女生也喜欢那个男生，并且表白了。我们问那然后呢？在一起了吗？她说不知道，但总有种失恋的感觉。

再后来，工作忙起来，我们也已经有两个多月没见了。

再联系就是这次，她说之后好久两个人都没联系，得知那件事之后她再也没去过学习小组，结果是前不久《火星救援》上线的时候，他约了她。惊喜之余，她去赴约了。

结果是看完电影之后男生突然表白了，告诉她其实从学习小组见面的第一天就注意到她了，但后来突然出现了另一个女生表白，第一次遇到这种事又不知道如何处理，虽然没答应，但也害怕女生受伤没有明确拒绝，而当他发现从那以后我的朋友再也不去学习小组后，他慌了，感觉这世上少了一个人似的，每天工作也像是丢了魂，于是终于忍不了了，鼓起勇气跟她表白了。

我一直说着真好真好，除此之外竟不知说些其他什么。

有人说，愿你迷路一生，还是走到我身旁。

真的是如此，真爱都应该得到祝福，真爱也一定不会被辜负。

我和Z的《婚前同居协议》

我和Z婚前同居之前，我执笔写了一个同居协议，到领证前，我俩都严格执行，没有出现任何严重问题，后来也如大家所见，我们领证了。

很多姑娘问我婚前到底要不要同居，也有人吐槽同居后男友变化很大，变得不讲卫生不做家务。

我想如果是真爱，并且你明确认可，这个人未来会是自己的家人，那婚前同居我双手赞成。这段日子你们可以试着一起生活，知晓彼此的所有习惯和缺点，然后确定到底要不要结婚。

当然，两个人都应该包容和忍让。

而这份责任，对当时的我和Z来说，写下来可能更正式，让我们时刻想着是奔结婚去的。

在此分享给大家。

甲方：蓝田

乙方：Z

经双方友好深刻商谈，以爱之名，本着互不伤害互不损失的原则，双方自愿签订如下同居协议：

一、生活方面

1. 甲、乙双方应根据各自的特长共同做好每天的家务琐事。（例如一方做饭，另一方应自动承担洗碗家务。）不可一方承担所有家务。如果一方因为工作或者出行累了，另一方要予以理解，自动担任更多家务。

2. 饮食方面口味不一致时，应努力适应对方，或主动提出改进建议，不可抱怨。

3. 一方生病时，另一方应无偿给予无微不至的照顾。

4. 双方应注意个人卫生，不允许以任何理由不洗澡不刷牙。不准把臭袜子乱丢，不准上完厕所不冲水等。

5. 狗狗归两人所有，故因狗狗产生的一系列家务，也要两人共同完成。

6. 遇到任何问题，坚持一荣俱荣、一损俱损原则，第一时间积极解决问题，切忌沉默不语、离家出走等行为。

7. 任何关乎双方的大小事，均需协商，不可以自己做决定。

8. 有利于未来的事情，双方应积极参与，多方面查找资料参加各种活动，切忌冷漠对待，一方不满，另一方应积极改进。

9. 周末活动、计划、健身等等要双方共同制定，力求项目多样化。

二、工作方面

1. 应尊重对方的工作性质，在工作方面给对方力所能及的支持。一方因为工作繁忙，另一方不能因为没有足够时间陪伴而抱怨。

2. 如果一方工作中遇到问题，即使自己不擅长，也要协助对方积极解决。

3. 在必要的时候，给予对方职场建议和意见。帮助对方提高。

三、交友方面

1. 应给对方自由，在不出轨的范围内，双方可以有自己的生活空间，有权在外面结交各自的同、异性朋友，对方有权知晓，但应尊重对方的亲友。

2. 坚决抵制一切理由的联系前任。如果联系，一律视为出轨不忠，一经发现，后果自负。

四、其他

1. 如违反以上条例，可看情节轻重罚包揽所有家务一周、一个月、一年不等。

2. 若因性格不合，一方向另一方提出分手时，另一方应本着好聚好散的态度，和气分手，不准做出伤害性的言行。

3. 双方应共同朝着结婚的目标迈进。若有一天双方有缘结婚时，协议另定。

本协议一式两份，双方各执一份，自签订之日起生效，结婚或分手之日起失效。

以上为协议内容，如日后有需补充项目，随时沟通添加。

吾心安处是吾家

和男朋友一起看《蜗居》，海萍一家搬到宋提供的大房子，他问我，你觉得他们那里像家吗？我说不像，空空的。我问他，你觉得我们这里像家吗？他说像，因为可以在一起，一起做饭，一起看电视。我说其实来北京这么久，我是在前几天买了冰箱才觉得这里是家，冰箱运行的声音让我感到这里不再只是住处。原来，心安这么重要。

从2012年开始北漂，到现在租过床位，住过隔断，被中介骗过，被房东驱赶过，最后落脚到现在的住处。

刚来北京，不熟悉，为了安全离公司近，租了公司附近部队大院的床位，一个房间里四个人，基本都是隔壁大学的研究生。每天早上上班真跟打仗似的，洗脸刷牙跟好多人一起，挤占着水龙头，晚上回家洗澡又跟打仗一样，回家第一件事是先用脸盆去排队，有时候洗澡能排到十一二点，经常听到有人因为排队顺序吵闹。

后来涨了工资，想要有自己独立的空间，决定搬家，公司在寸土寸金的二环上，次卧都在2500元左右，于是那时候选择了隔断间，一个原本六十平米的两室一厅被隔成了五间卧室，公用卫生间和厨房。房间小到只能放下一个床一个柜子，再没有其他空余。我让中介帮我换了一个上下铺，这样偶尔有朋友来这边过周末，起码有地方住。虽然是公用厨房卫生间，却不再像床位那样挤，因为我们上下班时间都是错开的，所以基本不会有影响。为了保证睡眠时间和住宿质量，我在房间可见之处贴满了“十点之后不允许使用洗衣机”“不得大声讲话”等等，厨房卫生间贴着“垃圾入篓，保持卫生”。

大概就是从住隔断的第二年开始变得坚强独立起来。第一年所有住户我最小，所以网络、水电、煤气、卫生费等等都是他们去办理，我只需要平摊钱就好。第二年那些老住户搬走的搬走，回老家的回老家，我成了最老的住户，新入住的有什么问题都问我，于是我开始承担起办理宽带、收水电费、查煤气表、叫维修人员来维修水龙头等事务，甚至还自己合闸换过厨房的灯泡。现在回想起来没觉得多难熬，倒很想笑，原来很多东西不是不会做不能做，而是曾经有依靠。

2014年三月的时候，大批小中介卷钱跑路，我的中介也是其一，于是没多久，房东来闹事，让我们搬家，后报警，街道居委会协调无果之后，决定不跟他们计较，损失三千多，搬到了现在的地方。现在看来其实也是好事，虽然远了，但有了自己的卫生间和厨房，直接跟房东签合同。房东叔叔阿姨人很好，我留了一把钥匙在他们那里。平日里如果房间里什么坏掉，给房东说一声，白天我上班，晚上回家就都修好了。阴天下雨从不担心外面晾着被子晾着衣服，因为房东阿姨会及时把这些都帮忙收回去放好。某次晚上下起了小雨，我已经睡下也便懒得起来去关窗户，就听见房东从外面慢慢帮我把窗户关上，心里暖暖的。夏天有一次特别晒，我早上出门已经九点多，太阳正高高挂在头顶，出来碰到叔叔，他见我没带伞，立马严肃地说让我回去带把伞再出门，说天气太晒了。我乖乖回屋拿了伞，说了再见出门的时候，回望了叔叔一眼，那时候觉得好像亲人一样。我们买车了，跟阿姨说需要这边找个车位，阿姨特开心说买车是好事，我给你找去。然后没几天就找到，说需要的时候带证件给她，她帮我们办理就好。

北京这座城市，有些时候你只是忙着上班下班，匆匆行走在路上，真的会有一种行走在钢铁水泥森林里的感觉，但是也因为有了这些暖心的人，让我在北漂第三年，居然也有了一丝丝的归属感。房间够大之后，终于不再因为来了朋友没地方坐而尴尬，于是偶尔请朋友来小聚，吃个火锅，打个牌，聊聊彼此的往事，惬意得很。后来因为食物没办法长期存放，男朋友提议说买个冰箱，于是我们买了冰箱，为了节省人力，还顺便买了洗衣机。

冰箱是个好物件，以前在家的时候从没这么觉得。只是很喜欢开冰箱，即使不想吃什么，只是打开看看，里面有自己爱吃的东西，就很满足了。买冰箱的第一个周末，早上快递小哥把两件电器搬进来，就忍不住开心，感觉越来越像家了，然后大概摆了个样子我们就出门了。

那天我约了朋友去五道口逛街，男朋友去农大打球。晚上他去五道口接我，回家路过超市，我们又一起兴冲冲地买了爱吃的东西，把冰箱填满。有时候看电视，看着看着，男朋友会突然站起来，打开冰箱看看，翻翻冷冻，再看看冷藏，关门再坐下来，然后我们就彼此一看对方，笑了。我跟我妈说，某某也跟我一样，喜欢开冰箱。我妈说你们都还是孩子。

慢慢体会到吾心安处是吾家的含义了。曾经以为需要奋斗好多好多年，在北京有了自己的房子，才能有归属感，而现在提前了，是因为房东吗？是因为他吗？是因为冰箱吗？我想是所有所有这些点的总和吧？一点点积累着归属感，实则也是在一点点靠近梦想吧。

如果再有人问我，你在哪里？我绝不会再说我在宿舍，或者在住处，而会说，我在家。因为，吾心安处是吾家。

如果爱，请深爱

知乎题主：

这是我朋友遇到的心理问题，他俩感情很好，都不想分开，想一直走下去，女生对他很好，但就是心理有坎。所以这个问题目的不是为了劝分开，是想找解决方法。

我的回答：

介意女朋友的过去？那么他自己是否也有过去？或许她曾经对过去的他特别好，百分百贴心，甚至百分百顺从。所以一想到她的过去就不开心，就觉得为什么她对他那么好云云。

不瞒楼主，作为一个女生，我更小心眼，会介意男朋友的过去，觉得为何过去有一个女生可以那么细心地被照顾，甚至很多词汇都不能提，严重到什么程度？例如女生的老家省会，例如飞机，例如他们共同去过的地方，提起来，任何人甚至电视上放，我都压抑到不能呼吸。

是，我在乎，但是这样的在乎也让我着实感到累，甚至劝自己要么就放弃吧。近期突然开窍了，我开始不断去挖掘他对我的好。事实上，他早已忘记了过去的人，而换位思考，我也有过刻骨铭心的爱情，现在和他在一起，不一样是百分百真心对他？我会记得之前的人吗？会，但是那种感情绝不是爱，也不是什么所谓亲情。亲情这个词太扯，你会放弃你的亲人吗？不会，对于过去的人，他过得好与不好，我想你即使知道，也不会太关注了吧，毕竟都是过去了。

我跟男朋友在一起时间不长，但是他对我很好，我觉得人有些时候都是在自作自受，他并没有记得之前，有过去，是不可避免。那些过去，是你无形放大了而已。某天早上醒来，我突然想起，他曾在我特别介意过去的时候告诉我，现在他眼前的人是我，他属于我，未来也是我们两个人的。然后想起他对我的好就放心了，变得坦然，并且还觉得，缘分这种事，我到现在都还相信。

人的一生不知道有多长，我们不辞辛苦，经历种种磨难，终于找到那个对的人，为何不好好珍惜呢？我现在怀着感恩的心对他过去的人，因为我总觉得，在我没有出现的日子里，是那些过去的人帮我照顾他、改变他、教会他爱与被爱，才让他蜕变为现在的他。而他之前对她的好，都是为了练习，直到今天遇到我。不然他要怎么华丽丽出现在我面前呢？过去的人都是为现在的人服务的。终于等到了，怀着对过去感恩的心，好好珍惜他吧。未来是属于你们两个的。而过去的那些人，早已经过去了。因为他们的职责，就是护送他走一段，然后让他安全完美地，来到你身边。

写这个回答的时候，我和Z还没领证，还处在恋爱磨合期。幸运的是，我们最终都认定对方就是自己要找的那个人。

在我看来，大多数人都会经历不止一次的爱情，过去的，没必要纠结，男生女生都如此，如果你抱着过去不放，其实是等于你自己破坏了你们的现在和未来。

愿与君归

闺蜜A没有任何恋爱经历，在遇到B君之前，她甚至从没想过要谈恋爱，觉得自己一个人潇洒自由，想做什么都可以，二十几年来也没遇到过一个能让她心动的男人。曾经有段时间，我都怀疑她是不是真的要一辈子当单身贵族了。闺蜜A在我的圈子里，是数得上舍得为自己花钱的女生。一起逛街她经常一掷千金，只为买一件自己心爱的、事实上却没有任何实用价值的小玩意。二十五岁绝对是一个分水岭，当空间被婚纱照和baby照刷屏的时候，你就会发现，结了婚的和还没结婚的，就被这样分开了。于是闺蜜A在家人的安排下认识了B君。

很久以前，闺蜜A曾跟我坦言，也许未来当自己遇到一个男人的时候，连恋爱都不会。我所认识的她，是那种大大咧咧、不拘小节的女人。后来她经人介绍认识了B君，也许是相亲的缘故，没过多久，两人就确定了男女朋友关系，清明假期回家，B君开车带着闺蜜A来找我一起吃饭，我看着他为她打开消毒餐具，她为他放好手机，两人一起招呼着其他朋友，俨然一对恩爱小夫妻的样子。饭后她问我，怎么样？我笑着说真好。

第一次见面，感觉B君是个标准的六十分男人，各方面都不差，却又普普通通，平平常常，其余的四十分，我想未来日子里，闺蜜A自会根据他的表现去给他。闺蜜A曾经几次说羡慕那些有过刻骨铭心爱情的人，我倒觉得，在各方面都成熟之后，遇到一个合适的人，相守到老，才是真的幸福。B君在老家开跆拳道馆，教学生们打跆拳道，闺蜜A在北京工作，和我一样，老家没有合适的工作岗位。

于是几日前她q我，说想到也许过段时间就得回老家结婚，一两年内还要考虑要孩子，还害怕跟婆婆处不好关系等等，想起来就闹心。说到时候每天找我抱怨我一定会烦她。我说其实这都是正常的，跟任何人结婚，都要面临这些问题，并且在我看来，女人最终都要归于一个男人。不排除大城市有单身贵族一辈子的人，但是作为闺蜜，我还是希望，未来有个人能够陪着她，照顾她。北京离老家就一百公里，倘若喜欢北京的生活，大可以结婚生子之后两个人一起来北京发展。如果回去可以一起陪他经营跆拳道馆，也未尝不可。到了一定年纪，工作都变得不那么重要了，重要的是找个温暖的人，相守过日子。B君对闺蜜A极为照顾，对她身边的朋友也好，年纪大A几岁，性格稳重踏实，未来生活中，足够撑起一个家，这就够了。

周六去楼上同事家包饺子，女同事拌馅，男同事躺着斗地主，我负责包饺子，过会儿饺子皮不够了，男同事就在女同事的"命令"下去买皮。吃完饺子我们一起斗地主，男同事说，中午辛苦两位美女了，晚上他来做饭给我们吃。嬉笑游戏中男女同事总忍不住斗两句嘴，调侃对方两句，脸上洋溢着幸福的笑容。他们是普通的北漂小夫妻，没房子，没车子，甚至没有高工资，却很幸福。两人老家离得并不近，却因为爱情最终走入婚姻。见证他们幸福的同时，我更觉得男人女人都一样，最终都会归于一个人。对男人来说，也许这个女人并没多漂亮，生活中也笨笨的，总需要你来保护她呵护她，但她就是愿意死心塌地跟着你，无论发生什么都不离不弃，男人也便愿意为她付出，包容她所有的任性。对女人来说，也许这个男人没多富有，也不一定很能干，但是他很上进，身上有优点，也会在某个周末喝得大醉回家等你照顾。他不是百分男人，却对你呵护有加，愿意为你去打拼，你便也就愿意为他学做饭，揽下生活中能胜任的所有小事。

也许这个年纪，幸福就是这样，遇到一个人，归于一个人，从之前的我行我素，变为什么事都为两个人考虑，遇到什么事都两个人商量，从一个家庭变为三个家庭，并会为让这三个家庭都过得好而努力奋斗。

最后愿闺蜜爱情顺利，早日修成正果。借用网上之前很流行的一句话：他日你若长裙落地，我必短裙相配。

我的单身日记

1.

今天早上睡到自然醒，起来打开电脑，我妈发来qq消息说：今天天气这么好，没有人约我闺女出去吗？！顿时哭笑不得。我妈经常这样，好天气的时候希望有人约我出去玩，坏天气的时候，又希望有人可以陪我宅在家里，总之，就是希望我身边有个人。

有时候和年长几岁的朋友聊起来，他们总说，我们八几的都没结婚，你一个90的着什么急。现在的感觉是，这事跟年龄大小没关系，跟开始接触社会、真正脱离校园独立生活有关系。晚上没事，三楼的同事喊我上去坐坐。他俩是公司一对刚结婚的小夫妻，男生87的，女生90的，闲来无事，两人把从在沧州实习，工资低，如何渡过难关到来北京工作，慢慢稳定下来，直到2013年年底结婚，整个讲了个遍。女生说那时候穷啊，算计着花，下月工资还没发呢，这个月的已经花完了，直到结婚才好点。看着他们说着这些辛酸史，似乎看不到任何辛苦的表情，脸上呈现的满满的都是幸福。突然觉得，有个不离不弃任何事情都和你一起经历的人，比什么都重要。

高中到大学，有一个男朋友，算是懂得感情后的初恋，后来因为年轻任性，分开了。再后来彼此有了各自的生活，那段感情终成了回忆。毕业后不痛不痒谈过恋爱，却都没有结果。很多时候也觉得，就这样过下去吧，一个人也挺好，吃饭睡觉看书写字。前段时间，在二环租的房子中介跑路，房东让我们搬家，我找房子、搬家、装饰新家没觉得辛苦，以前二环房子厨房的灯坏了，我自己合闸把灯泡换了，没觉得辛苦，直到有一天，我画了一幅彩铅画，开心之余扭头想要找人分享的时候，却发现身边没有一个人可以夸我两句，或者是给些建议，那时候我觉得，身边有个人真的很重要。作为成年人，完全可以独立生活，可以照顾自己，好友闺蜜也有二三，还是希望有个可以一直走下去的男朋友。

曾在日志里写，过年的时候，我妈坐在餐桌对面委屈地看着我说，人家都去婆婆家了，你没有婆婆，我都想去大街上给你抢一个。我哈哈笑她，说这哪里是能抢来的。况且我并不觉得委屈。北京的春天来了，玉兰开花了，过段时间樱花也要开了吧？突然觉得这一切都不该是一个人去体会，我想有个人，跟我分享在北京的一切。我是个话痨，喜欢讲话，有人的时候我喜欢讲给对方，没人的时候喜欢写字讲给自己。毕竟讲话不是作演讲，有听众，也要有互动，才是极好的。

俗话说父母在，不远行。作为独生女，还是希望未来生活能在父母身边。我是河北人，不要离得很远，毕竟他们都在一天天变老，我希望在未来的时间里，能多多陪伴他们，哪怕是周末回家给他们做个新菜，陪老爸开车出去兜一圈也好。未来老公家里的父母，也是如此。我妈说，要学会对对方父母好，以后结婚了，对方的父母也是自己的爸妈，也要一样孝顺，现在家里孩子都少，结婚了等于家里又多个孩子，我们能做到，相信对方父母也能做到。以前我不会包饺子，后来有个愿望，希望在某年过年的时候，可以跟未来婆婆一起包饺子，于是认真学习了，现在包得很漂亮了。希望在不久的将来，有机会去实现这个愿望。

在北京工作第三年，一直从事的都是电子元器件进出口，做的是销售，不需要出去跑客户，工作相对轻松压力小，工资养得起自己，也有存款习惯，消费观念是在自己能力范围内，过得好，然后给未来存款，因为有很多愿望，想通过自己的努力去实现。性格五五分，和不熟悉的人一起，可以做到大方得体，不扭捏，但不会说很多。和熟悉的人一起，就嘻嘻哈哈没心没肺，不会耍心眼，人比较直接，也不喜欢和城府太深的人打交道，总感觉来回算计的生活不是我想要的。所以我也不爱看后宫戏。生活中的我不大爱逛街，以前是需要买什么的时候才去逛，后来有朋友说，作为女生就该多逛街，多买衣服多打扮，于是现在慢慢改变。业余时间喜欢羽毛球，看书，写字，看电影，不大喜欢k歌，本身不大爱好音乐，并且高中外号是走音天后，可想而知我的唱歌水平。不过如果是娱乐，我很乐意和一群熟悉的人去吼几个小时。很爱厨房这个地方，一直都觉得厨房是一个认真才能出好作品的地方。每次煲饭都感觉像是在做艺术品，放油，撒盐，加醋，都必须做到精细，才能使菜品看起来美味，吃起来也美味，也很享受做好以后和大家分享的过程。

有人说你条件不差，为何现在单身？我仔细想了下，可能是我比较事儿。首先我这个人比较慢热，一般别人不表示喜欢我的话，我很少会注意到对方，也就难有下一步的发展。其次是喜欢我的，我不一定喜欢。毕业后也相亲过，有铁路的，有电力公司的，有公务员，我总觉得有的人吃一顿饭就能让我不喜欢，更别提继续发展了。比如我的工作算是电商这块，每天看新闻，刷豆瓣知乎是我的日常，我给对方讲这些，对方不懂，或者不感兴趣，对方给我讲电路，给我讲饭局吹牛扯皮，我也不大喜欢，就导致现在还单身。

到底想要找个什么样的？个人净高164厘米，50公斤，不算好身材，还算匀称。希望对方起码不要低于170，不然以后站一起，万一哪天我想穿个高跟鞋，搭个肩都好像是在把着我而不是搂着。体重健康就好。个人生活习惯方面，希望不要抽烟，或者是可以戒烟。我对烟味很敏感，已经到了厌恶的地步，这一点似乎也拒绝了很多人。喝酒不大介意，只要不是嗜酒如命，饭局上陪酒能喝，在我这里绝对是优点，说明随和。性格沉稳些，我个人比较成熟，不希望对方比我幼稚。有人说我着急结婚，你90的是不是还要玩几年，这绝对错误。自己感觉毕业两年，也沉淀了很多，无论是从性格还是工作，都基本稳定了，现在什么都齐了，就差一个人，风雨同行。你做得到不离不弃，我也能做到生死相依，并且绝对不是玩，恋爱就是奔结婚，毕竟未来都是要成家的。

今天是我搬来新家的第二个周末，明天约了楼上新婚夫妇下来吃火锅，每次去她家都觉得很温馨，我房间比他们还大，无论怎么布置总感觉空空的，说到底是少一个人，这样讲不是红着脸求同居，我不是那样的姑娘，而是想说，我想要一个人，我可以想念他，他也可以牵挂我。未来可以携手在北京奋斗，一起努力实现对生活的梦想。不知不觉洋洋洒洒写了两千多字，看了的，您受累。豆瓣是一个神奇的地方，从加入豆瓣，我认识了和我一样喜欢读书写字的人，还因豆瓣多了一个画彩铅的兴趣，当下也就抱着试试看的心理，来求一个未来能同甘共苦的你。想对未来对的那个人说，我正努力扮演好我自己，不遗余力地向你走去。希望你也过好当下生活，坚信有一天，我们都会华丽地站在对方面前，然后幸福地在一起。

2.

当初写帖子是一时冲动，没想到被豆瓣推了首页，各小组浏览人数忽略不计，只是日志中的这一篇就有三千多人浏览。豆邮者数量请大家自行想象。关于豆邮的人，豆邮一两句，要联系方式的，我都直接忽略了，豆邮发得特别认真的，几百字的，合适不合适，我都一一回复了。最后算下来，我总共加了三个人，到最后聊的只剩下他。毕竟是网络，所以约见面，还是很谨慎。那为何见了他呢？首先他是87年出生的，我当时觉得，三岁的年龄差比较合适，思想成熟，会让着我（事实还在进一步验证中）。其次他是理科生，我是文科生，总觉得理科生一些思维比我强，我们可以互补。最后，他懂技术，很多我感兴趣的东西，或者我对网络有疑问，都可以问他，这是私心。比如我偶尔就会想，知乎怎么赚钱？我摄像头为什么左右脸是倒着的？我新公司未来能有前途吗？我承认我很奇葩，跟有些女生感兴趣的东西不一样，可偏偏这些问题丢给他，他都能说出一二，我喜欢知乎上的大牛，因为大牛涉猎面广，他在我心里也是大牛。

女生对男生有了崇拜感，就会产生爱情，当然这是后话了。开始我不喜欢搭理他，因为他说话总是嘻嘻、啊，这些词汇在我看来都是不成熟的人才会用的，所以表示毫无好感。但是他一直坚持跟我聊天，偶尔不开心他会讲他小时候犯二的故事给我，会讲他们家猫的趣事逗我开心，慢慢发现，他比较体贴细心。那时候因为豆瓣关注度越来越高，发的文章也越来越多，聊天过程中他总能说出我的经历，提起我的事，让我觉得他不陌生，他熟知我的一切。作为陌生人，我承认那时候是有些感动的，但是也不至于就决定见面。后来呢？他发了个自拍照给我，是从下到上的那种角度，你们可以想象吗？多美多帅的人都能拍丑的那种角度，然后我就更不想见了。于是几次约见都没去，直到五一前，我拿到了新的offer，他问我见面被一推再推，是不是不会见面了，突然就心疼了，那种语气就好像一个孩子要被抛弃一样。于是想了下，还是去见。

从3月30日收到豆邮到见面，是一个月零四天。见面那天风超级大，我从老家回来直奔中关村，出地铁就见到了正在仔细研究地铁线路图的他。有的人就是那样，你没见过他，不熟悉他，但是一看背影，就知道那个人是他。然后打招呼，寒暄，说风好大云云。然后我们就直奔一个餐厅。那天风大到，我稍微离他远一点就会被吹丢。于是一边走路一边慌乱地不停整理自己的头发，终于进了餐厅，以前一直傲娇地对他，结果坐下来突然败给了地方的气场。180厘米，150斤，东北读大学又带了些许东北口音，跟他说话时我回答都是弱弱的，生怕他回忆起我之前对他的各种不好，给我拎起来一顿揍。他带了一个蒙奇奇给我，因为马上生日，他看了我相册，知道曾经喜欢蒙奇奇，说不知道送什么，然后吃饭过程基本都是他在讲我在听，心里窃喜，蛮帅哈哈，跟照片完全不一样。然后继续端着，聊我的新工作，聊各种。聊到数学问题，他掰着手指头算数，我就笑，原来他身体里也有一个可爱的小男孩。他说他几何好，代数不好，所以总得掰手指算数。

那天走了好多路，从欧美汇一直走到他们学校，然后又逛了他们学校才回家。后来在聊天，我就一百八十度大转变，变得不再那么冷，不那么傲娇了。

后来呢？上周日本来约的是参加豆瓣同城书友会，

结果下大雨，就干脆在家看电影了。下雨不方便，干脆在家吃饭。于是买菜一起做饭，Z炒了最基本的西红柿鸡蛋，但真心好吃。我做了可乐鸡翅和土豆丝，就这样面对面，互相夸奖着把饭吃完了。下午就在家看电影了。然后Z就问我，是否可以做他女朋友。几乎是没考虑就答应了，好多人说这么快！友邻说，长大的好处就是知道自己要什么喜欢什么，喜欢的就喜欢，不喜欢的就不喜欢。对，成熟以后你就会通过之前的认识，来判断这个人是否值得相信、值得你喜欢。黄菡老师也说过，年轻人啊，面对爱情是要勇敢一点。

那这次就勇敢一次。

Z跟我讲了很多很多，小时候的事，爸妈，哥哥，各种。Z问，想要扎根北京吗？我说，想，他说，好，我们一起努力！然后就觉得满身热血啊有没有。之前有网友说，年薪二十万的人也不敢考虑买房子，但是现在就感觉，不管是否有结果，都信心满满，能量满满，果然真正的爱情是使人向上的。刚换新工作，需要学习的东西很多，累的时候会想Z说的，我们一起努力，我说我要做木棉，《致橡树》里面的木棉，要跟他肩并肩，所以我们都努力。

时间都去哪儿了

去年4月的一天，我打电话给我妈，我说我和Z想好了，我们要领证。

5月2日闺蜜婚礼，我是伴娘。婚礼前一天晚上，我们躺在她的闺房里聊天，我轻轻问：你紧张吗？她小声答："还好吧，感觉要失眠了！希望明天一切顺利。"

就这样，我们聊着聊着就睡着了。

婚礼那天我穿着伴娘短裙，帮她整理婚纱，陪着她一起等迎亲队伍，早上闺蜜妈妈和家里人忙前忙后照顾着亲朋好友。迎亲队伍到的时候，有个环节是闺蜜妈妈喂闺蜜吃饺子，边喂边说多吃点，今天可是会忙一天呢！我别过头，眼泪就掉下来了。其实我也不知道为何会哭，只是那一刻心情很复杂。

离开家之前，闺蜜妈妈给了她一个苹果，象征平安吉祥。送过苹果的时候，妈妈念叨着，某某某，平平安安！那一刻又是鼻子一酸。作为母亲，最大的心愿就是女儿能够平安幸福吧！

婚礼的时候，我看着闺蜜老公缓缓走来，把她从花亭中接走，他们挽着手走向礼台。心想着真好，我们曾在一起读书学习，诉说着青春期的小秘密，如今她终于嫁了，结婚意味着走上了新的人生台阶，祝她幸福。

嫁女儿和娶媳妇应该是不同的吧？虽然现在已经没有什么嫁出去的女儿泼出去的水这种现象，但那一刻我还是很想哭。当时就想着，未来一定要生个儿子啊，不然未来我嫁女儿的时候得哭得惨呢！殊不知那时候自己都还未出嫁！

5月4日，我和Z认识一周年。我爸带着我和Z去民政局。其实我们自己可以的，但我爸不放心，出门前他检查了好几遍我们是否拿齐了户口本和身份证。记得那天有点冷，Z没带长袖外套，于是穿了一件我爸的外套，在民政局排队的时候看他，总觉得很滑稽，有那么一瞬间，感觉他简直就是年轻时候的我爸。

我不知道当民政局的公章对着结婚证盖下去的那一刻我爸是什么心理，应该是幸福的吧！女儿终于跟爱的人在一起了！

回家后，Z兴奋地拿着结婚证给我妈看，大家都乐得合不拢嘴。接着Z又兴奋地拉着我去房间，急切地问我："我什么时候能改口啊？！我能不能现在就改口啊？！"

于是我说，能啊！快去喊爸妈！于是他又拿着结婚证追着我爸妈去改口喊爸妈了。

事后好久我都在问自己，就这样领证了？好快，仿佛昨天自己还是个小女孩，今天就领证了。

朱自清在《匆匆》里说，你告诉我，我们的日子为什么一去不复返呢？——是有人偷了它们吧：那是谁？又藏在何处呢？是它们自己逃走了吧：现在又到了哪里呢？

记得很小的时候住在村里，我家有个大院，我喜欢在西边的窗台上摆瓶瓶罐罐玩过家家。我喜欢当爸爸，因为我认为爸爸更有担当，可以做很多妈妈不能做的事情。据我爸回忆，那时候我特别入戏，有一次他喊我开门，我竟然回复说没空，炒菜呢，去开门菜就得煳，于是我爸只得自己慢慢边推车边开门。

后来长大了，九岁的时候搬到城里，再后来我们买了自己的房子。我有一个洋娃娃，会眨眼睛的那种，但其中一只眼睛被邻居捅进去了。搬了很多次家，一直带着她，那是我爸还在当兵时送给我的礼物。有一年冬天特别冷，我和我妈收拾家，我妈说旧了，也坏了，扔了吧。结果是扔了没多久，我妈就来找我，她说感觉对不起那个娃娃，问我要不要找回来。我说其实我也不想扔，还是找回来吧。

于是我俩大冬天的又迎着寒风结伴一起去垃圾堆捡娃娃。我们到的时候，娃娃脸朝下冻在了垃圾堆上，搞了好大一会儿才把娃娃解救出来。回家我妈准备了一盆热水，我俩一边洗娃娃一边流眼泪，现在想想，大概是因为太念旧吧，所以跟了很多年的物件在相处的日子里都被赋予了生命。

时间越久，有些事记得反而越清，只是这些记忆都成了一个个的小点，粗略连起来，也便成了成长的线。

工作忙，生活也忙，在北京的日子就是这样，工作日忙工作，下班了忙写作，周末有时候忙着组织活动，有时候忙着各种约，有时候要去见某些人。时间被打得很散，即便是回家，很多时候也会被很多事分心，不能全身心地陪伴他们。

我领证了，年后婚礼，明年就要去Z家过春节了。于是，我和Z订了去泰国和澳门的旅行团，起初爸妈是拒绝的，他们说你们去就好，我们给看家。后来在我们的执意要求下，他们开开心心去办了护照，然后我妈就在网上买大裙子，给我爸和Z买沙滩裤，忙着打包行李，忙着看行程，以及嘱咐我们货币兑换。

1月29日爸妈从老家过来，我和Z开车去接他们，30号我们就飞曼谷了。七天行程，这七天我们四个会每天都在一起，一起去大皇宫，去海岛，去澳门。

这是我第一次带爸妈出国，也是长大后第一次带他们旅行。希望未来的每一年，都有这样的机会和时间陪他们多走走看看。

时光匆匆而过，爸妈一年比一年老了，但幸运的是，与此同时我们也长大了。能做很多小时候想做而不能做的事。所以感谢时光，也希望在未来的日子里，能够多一些好玩有趣的经历，少一些无力和遗憾。

从此不再是一个人

2015年5月4日，我们领证了。

从这一天起，我们便不再只是简单相爱的小情侣，而是变成会一辈子用心守候和爱护的夫妻。我们承诺，未来的生活中，有福同享有难同当，无论发生什么，我们都不会离开对方，就像我们为领证专门买的海魂情侣装上写的一样：不离不弃。我们会对对方的家人像对自己的家人一样好，从此以后，我们和双方父母，要做相亲相爱的一家人。

2015年5月3日，做领证前的准备。

这一天，我们很早起来，开车去老家的一家影楼，拍了结婚证上的照片。午饭的时候，他很郑重地跟我爸妈说，我们明天就要去领证了，希望爸妈放心，他会对我好，有任何做得不到位的地方，请他们监督指正。

爸妈说："以后两个人就不再是小孩子，更要学会忍让，要相亲相爱，要对彼此的爸妈都好。爸妈会永远是你们的坚强后盾，你们也要努力，一起向前走。"

我们说，我们才是你们的后盾，于是我妈改口说，他们是后勤，会保证自己身体健康；我们回来的时候，给我们做好吃的。我爸还说，他已经在我喜欢的一家餐厅订好了包间，领证回来我们一起去吃饭庆祝。

2015年5月2日，我们去参加闺蜜婚礼。

我是伴娘，闺蜜跟同学介绍他的时候，说这是伴娘的男朋友，马上晋升老公了！很开心在见证闺蜜幸福时刻之后，紧接着就是自己的喜事。

2015年5月1日，我们开车带爸妈去姥姥和舅舅家。

我从小在姥姥家长大，所以在领证前，要带他去见除爸妈以外最亲的人。他略带羞涩地跟他们说："姥姥，我们要领证了。"

大家都很开心，说以后就放心了，孩子们都长大了，以后要我们互亲互爱，学会包容忍让，并祝福我们在北京一切都好，未来永远光明。我很开心大家都喜欢他，他也把我的家人当成自己的家人，他说舅妈看着就很好相处，很喜欢我的家人，日后没事再来看望他们。

2015年4月30日，我渐渐从决定领证的兴奋中淡定下来，产生了恐婚的心理。

害怕结婚，害怕从民政局一出来，便不再是之前的自己，我们的爱情也变成了只有柴米油盐的日子。他看出我的顾虑，很坚定地告诉我，我们领证，就是因为彼此相爱，领证之后，我们的爱情，也会多一层法律保护，会更加坚固。日后他只会对我更好，会像之前一样，周末没事去看电影，定期问我要不要吃虾。我提出的需求，他依然会像之前一样第一时间满足我。

2015年4月24日，双方父母沟通。

他爸妈和我爸妈聊得很开心，表示对我们彼此都很认可，也祝福我们。

2015年4月23日，我们去交首付，决定领证。

那天我们开了很久的车，去售楼处交首付，办手续。其间出了一个小插曲，但我们携手把它解决了，并在那一天决定，我们将于5月4日领证。而后的几天，我们都像是打了强力兴奋剂，每天都在开心激动中度过。

2015年4月22日，我们吵架到凌晨三点，却都感到吵不散。

两个人在一起免不了磕磕碰碰。那天我们因为一壶水而吵得不可开交。我在一边委屈，他在一边反思沉默。最终我们和解了，交流吵架心得的时候，笑着对对方说："其实我们都明白，我们是吵不散的，所以才敢这么肆意妄为。"

那天我们决定，以后要更加包容忍让。后来跟朋友聊起来，我们都抢着告诉朋友，我们前一天晚上吵架到大半夜，第二天起来就决定领证了。朋友们纷纷表示，你俩真是绝配。

2015年4月19日，我们把房子定金交了。

我和他都是北漂，双方父母都是小城的普通工薪阶层，所以对我们来说，目前买北京的房子比较困难，于是我们在看房三周后，决定买下距离北京很近的一套房子，作为我们在北京扎根的过渡房。

2015年2月14日，我们为即将到来的恋爱一周年纪念日，买了去厦门度假旅行的机票。

这次旅行同时成为我们领证后的小蜜月，用他的话来说就是：冥冥中自有天意。

2014年11月2日，我第一次带他回家见爸妈。

当时是因为爸妈要为我们在老家买套房，周末回来方便住，我们回来一起去签合同，在小区售楼处，我爸还拉过一个销售说："给我女婿指一下，我们买的那一套位置在哪里。"这件事他也经常提起，总是美美地说："你看，那时候爸就很认可我了！"

2014年6月21日，我们一起买了人生中的第一辆车。

这也是我们第一次携手完成一件对我们来说很重要的事情。我们给这辆车起了一个昵称"小白"。后来的日子里，我们总是开着小白到处去玩。车牌号也是他给我的一个惊喜，寓意着：我爱你，茜茜。

2014年5月11日，我们决定在一起。

那天下了雨，于是我们决定哪里都不去，就在家看电视。午饭一起做，虽然很简单，但很幸福。后来他便问我，是否可以做他的女朋友，我几乎想都没想就答应了。因为有些人就是这样，见一次就可以认定一辈子。

2014年5月4日，我们第一次见面。

那一天风很大，我们在地铁口见面。一起吃午饭，因为第二天是我生日，他送了我一个蒙奇奇。后来他说，他是从我的相册得知我当时的喜好的。那一天他讲了很多话，我们也走了很多路，我想也正是那一天的接触，让我们决定在一起。

2014年3月30日，我收到他的邮件。

周末两天，因为日志上了首页，于是我收到三百多封邮件，他4月30日在网上找房子，进入首页就看到了我的日志，于是发了邮件给我，很认真仔细地介绍了自己，并直接告诉我，我是他想找的人，希望可以认识。我们的故事是从那个时候正式拉开序幕。

2014年3月29日，我发了日志。

这一天，我画了一幅彩铅画，很开心，扭头找人分享的时候，发现没有人可以跟我分享当时的心情。于是我写了一篇日志，说了自己近两年的经历，并讲述自己想要一个怎样的男朋友。网友互转互推，就这样上了首页，也给了彼此认识的机会。

至此，一切回到原点。有时候爱情就是这么神奇，在遇到他之前，你并不知道你们会以什么样的形式见面，用什么样的语气和对方讲第一句话，但只要有缘，你们终会相遇。祝福所有人，也祝福我自己。

当我们要求礼物和惊喜时，我们在要什么

大概是七八岁的时候，有一天放学回家，我妈从屋子里快步走出来，笑着说让我闭上眼睛，告诉我在她喊我睁开眼睛之前不许睁眼。于是我妈拉着我，我紧闭着眼睛拉着她的胳膊挪进了房间。

接着她喊我爸出来，我听到脚步声，越来越近，虽然我不知道这是在干吗，但我现在还能清楚地记得当时激动的心情。我妈一边吩咐我爸过来，一边叮嘱我不要睁眼，然后她说：闺女，伸出手来，摸一摸。

我摸到一个椭圆形的东西，说："有点硬，有纹路，像个球儿！"

我妈说现在伸出手来接住，我乖乖伸出手，接住了我爸递给我的“球儿”，接着她说：“放在鼻子附近，闻一闻。”

我继续按照她说的做，闻到一股淡淡的香甜味道，那是不同于苹果和梨子的，但我不知道这是什么。我问：“是水果吗？”

我妈说，现在可以睁眼了！

我睁开眼睛，看到手里的“球儿”，疑惑地看着我爸妈，表示没见过这水果，我妈接过来，递给我爸，接着我爸用水果刀切开。我看到了黄色的果肉，我妈说：“这个水果叫哈密瓜。”

那天我们都很兴奋，吃得也很开心。后来我妈又用同样的方法，让我认识了伊丽莎白等等不同的瓜果。每一次我都会很欣喜地照她说的做，因为我知道，闭上眼睛就是迎接礼物，睁开眼睛就会看到惊喜。

有人说生活太有仪式感会累，但我想说，如果太没有仪式感，会枯燥乏味。其实回想小时候吃哈密瓜的事，我妈完全可以像其他父母那样，在我放学后招呼我进屋，直接告诉我说今儿你爸买了哈密瓜，我们应该也会吃得很开心吧，却会少了很多趣味。而生活是需要这些小情趣的，虽然很小，甚至不值一提，这些却是生活的兴奋剂。

后来我们举家搬到城里，大概是上初中的时候，有天放学我路过花店，看到花店写着母亲节鲜花，于是花了十块钱在街边买了两枝康乃馨回家，那一天我也很激动，因为我感到自己长大了，终于也可以给家人惊喜了。

回到家匆匆停了车便进去找我妈，刚巧碰上她从厨房出来，我举起花说："妈，母亲节快乐。"

我妈接花之前先抹了泪，抱住我说："谢谢闺女，给了我意想不到的惊喜！"

女人大概没有不喜欢花的吧？印象里除了那次母亲节，我很少送我妈鲜花了。再有就是去年她五十岁生日的时候，我在北京，忙于工作不能回去庆生，于是提前回家，送了她一条铂金的项链。吊坠是在西藏常见的转经筒样式，她拿到项链说真不愧是她闺女，样式她非常喜欢。

我妈生日那天，我在北京的公司忙着策划一个线下活动，午饭的空当，我妈发来消息说有个好玩的事情告诉我，那就是她的阴历生日刚巧碰上了我爸阳历的生日，这让她像发现了新大陆一样激动，但我不能回去老家，甚至连多说几句话的时间都没有。

下午稍闲的时候，我在网上找了一家当地的花店，买了一束百合，让店家帮忙送过去。大概七点多的时候，我妈打来电话说收到花了，听声音也是非常激动，还说送花小哥打电话的时候，我爸和她都不知道是怎么回事，看到花上的祝福语才知道是我送的，我爸还特别热情地留送花小哥在家里坐了坐，想着我妈忙着给花剪枝、插花，我爸在一边给小哥找烟，虽然回不去，但我也很满足了。因为这束花，因为这个认真负责的小哥，那一天又多了许多快乐。

有人说礼物和惊喜是用钱堆积起来的，其实不然。我有一个朋友，她的男友是富二代。她曾跟我讲，刚认识的时候，她感冒了，男友来找她，说过会儿你病就好了，她不解，问为什么，男友微微一笑，说："因为我要送你个包，包治百病。"

当时听到这个故事我笑得前仰后合，后来有一次我去她家玩，聊起浪漫，她说的却跟名牌包包一点关系都没有。她说有两件事自己记得非常清楚，也非常感动。一个是她喜欢吃银耳雪梨羹，他不忙的时候经常会下厨亲手做给她吃，另一件事是有一次她回到租住的房子，发现了一张字条，写着：宝宝回来好开心！欢迎宝宝回家！

前不久平安夜，有位闺蜜跟我抱怨，说男友什么都没送她，感觉一点都不在乎她。我问，那你希望他送你什么？她说其实并不是希望得到什么礼物，而是觉得他不在乎自己。即使那天他买一个苹果给自己她也满足。有些男人会说，至于吗？不就是一个礼物吗？就差那一个苹果？

还真就差了。其实差的并不是礼物，而是那份关心和在乎。当然，我并不觉得收礼物和获得惊喜是女生的专利，也并不是只有节日才能制造惊喜。平日里多留一下心，身边的家人、朋友喜欢什么，自己付出一点时间、一些心思，就可以让他们开心好久，那何乐而不为呢？

礼物和惊喜，原本就是一个载体，送上一份精心准备的礼物，贴心话都省了，对方自然知道你有多在乎ta。一二月份是用各种节日堆砌起来的，有空的时候，不妨拉着你在乎的家人说，来，闭上眼睛，让我给你一份惊喜！

当海誓山盟遇上父母之命

大概是去年初夏，我在知乎接到一封私信，暂且称来信者为小A，她给我讲了一个电视剧中才会出现的故事。

小A和男友是高中同学，因为早恋还被学校通报批评过，小A和男友被分别带回家，双方父母为了孩子能好好读书，对这件事给出的答复出奇一致：好好读书，如果他们能考上北京的大学，就不阻止他们在一起。于是两人从那以后便真的很少联系，都默默努力学习，为了能考上北京的同一所大学。一年后高考成绩单发下来，小A非常幸运地和男友考入了北京的同一所大学。

大学时光他们过得非常开心，像其他情侣那样，牵手逛街，一起旅行，仿佛再也不会有任何事情阻碍他们在一起。直到大学毕业，男友妈妈开始频繁为男友安排相亲，原因是男友妈妈认为小A家境不如自己家，父母工作不稳定，日后结婚会拖累他们。男友回家跟爸妈哭闹，都无济于事。原本想要坚持，但看到日渐老去的爸妈，男友夹在中间不知如何是好。就这样过去三个多月，小A和男友都累了，两个人因为心情不好开始频繁吵架，最终男友向家里妥协，和小A分手了。

看到这里，我以为故事就这样结束了，结果后面更加出乎意料。男友分手后不久就订婚了，两人也彻底失去了联系。又过了半年，这位前男友的婚礼上，当然他并没有邀请她，但她在他婚礼那天接到了数个同学的电话，说婚礼出事了。

前男友的相亲对象家庭背景非常好，能感到她们家的气场和态度凌驾于前男友家庭之上。婚礼当天去了很多人，前男友的高中同学、大学同学到场的也非常多，两家人都开心地筹备着婚礼。

一切有序进行着，高朋满座，新郎站在花亭下等新娘父亲把新娘送过来。他牵过她的手，单膝跪地，问：

小A，你愿意嫁给我吗？！

一时间交头接耳，四座皆起，新娘也四下张望，手足无措，又恼又怒。前男友意识到了什么似的，惊呆在原地。原来是他喊错了新娘的名字。新娘是个任性的姑娘，婚礼说什么也进行不下去了，主持人在现场慌忙解释着“小A”是新娘的昵称，现场却乱哄哄的，没人能听到。

于是这场婚礼像闹剧一样结束了。同学们打给小A电话，大概是觉得他们原本是天生一对，不该被拆散，还有缓和的余地吧。而小A自己也想不清楚该如何是好，于是她私信了我。

我的回复很简单：“他能放开你一次，就能放开你第二次。婚姻非儿戏，如果他婚前保护不了你，婚后更是如此。如果你不想深陷家庭闹剧，就放下过去向前走吧。”

我认为小A前男友并非没有勇气自己负担生活，而是因为中国所谓的孝道。

后来的故事我就不得而知了。我想作为一个局外人，我比小A更清楚。因为生活不是电视剧，每天我们要面对的是柴米油盐酱醋茶等鸡毛小事，面对前男友父母的威胁，其实他们有很多方法可以解决，一味拖着，一味考虑父母的感受，会最终伤害了身边爱你、想要跟你走一辈子的那个人。如果一个人寒了心，失去了对对方的信任，那这段感情也便走到了终点。即使午夜梦回，他把枕边人错喊成你的名字，那也只能是作死的表现，却并不能成为你动心、想要回头的理由。

不知你们身边是否也有被父母拆散的情侣？也许他们曾经青梅竹马两小无猜；也许他们曾是同班同学，日久生情；又也许他们辗转了几座城市，经历过无数次错过才走到一起，而最后却因为父母的强势反对，被生生拆散了。

除了小A，我身边还有很多这样的例子，中国父母大多强势，他们会为子女按照自己的想法去安排一条他们认为正确的道路，上学选学校，毕业选工作，结婚选对象。似乎一切都合情合理，但随着时代的发展，年轻人越来越有想法，于是我们这代和父母那代开始产生分歧。其实家长应该教给孩子的是怎么选择，而不是做什么选择。

生活不是电视剧，不会出现那么多的浪漫情景，却会如电视剧般千变万化，你永远不知道明天会发生什么。我一直觉得，父母给了我们生命，我们理当感恩，至于要如何过这一生，该由我们自己做主。倘若所有事情都父母说了算，那我们来这个世界的意义是什么？假如我们按照父母的想法去过这一生，能幸福也倒罢了，若是出了差错，很难不怪罪，那何必呢？按照自己的想法去生活，至少有勇气为自己的决定负责。

有人说父母都是过来人，他们爱孩子，做任何事情都是为了孩子好。这话不假，却并不全对。为孩子好，并不代表他们做的决定全部正确。恋爱的时候，父母大多会说你喜欢就好，我们做家长的不会干预。真到了谈婚论嫁那一刻，总会多多少少有些事。

那当海誓山盟遇到父母之命的时候，我们到底该如何做呢？当然，一方面不能伤了父母的心，另一方面，我们又不愿意放弃身边的至爱。我的答案就是，要学会对症下药，不要只看表面，要深挖父母的需求，看他们到底是在不满意什么。

同学B和男友在工作期间日久生情，在一起一年多，带回家见父母的时候说什么女方父母也不同意他们在一起，理由是男生是新疆人，父亲在他很小的时候就过世了，妈妈在新疆一个小县城打工，女方父母觉得女儿跟了这样的男生会吃苦。同学聚会的时候，B跟我坦言，此前她拗不过爸妈，假装分了手，其实还在一起，但终归不是办法，又不知如何解决。于是我说："其实你爸妈的反对并不是没有道理，但又不是无计可施。"

B男友虽然是单亲，但他性格非常热情开朗，工作能力也很强，在他们所在的公司每年都是优秀员工，毕业短短两年时间攒下15万元，实属不易。于是我出的主意就是让B和男友一起努力攒钱，存款到30万的时候带着存折给爸妈，就说这是他们努力攒下的房子首付。因为B的老家在一个小城，B妈妈在B大学的时候就跟她说，日后希望她回到小城生活，这样离家近，生活压力也小。而B和男友也没打算在北京一辈子，男友的想法是在小城买套房，以后再奋斗，再买个小的，把妈妈也接来生活。

上个月B跟我打电话，说他们已经领证了。她说我说得对，爸妈就是怕她吃苦，后来看男友对她好，也肯努力，就答应了他们的婚事，并且她笑着告诉我，她爸妈还因为他们的首付款不够，拿了钱支援他们。

我跟我妈聊起这事，我妈说其实父母最终都会依了孩子。只要孩子愿意，父母也不会死磕到底。只是做父母的很难对孩子放心，于是就出现了种种阻拦，但这也许并不是坏事，因为人的一生真的很长，如果这点小事都能分开，那日后遇到大事呢？想来也对，俗话说胳膊拗不过大腿，在感情这件事上，很多时候孩子才是大腿。

近期大热的香港明星王祖蓝曾用“三高”来形容他的岳父母：身材高、品位高、修养高。三高岳父李群力、岳母朱如翠均毕业于上海徐汇工业大学，学习的都是美术设计专业，1988年移居加拿大。而据王祖蓝坦言，在他和李亚男的恋情上也曾遭遇过阻碍，但最终他还是用自己的真诚打动了岳父岳母，让他们把掌上明珠交给这个只有一米六三的男生。

很多人会说，李亚男肤白貌美，选择王祖蓝简直是我勒个去，但即使如此，他们还是很相爱地走到了现在，并且成了娱乐圈里最萌身高差夫妇。其实爱情就是这样，只要你情，只要我愿，谁说最萌身高差就得是男高女低？

而在你爱的人眼里，你就是那个可以保护她不受伤害、宠得她像公主的大英雄。对一个人有多爱，应该是从眼神中就能看出来吧？

当然，也有人说中国父母干涉子女婚姻的主要原因是，父母是孩子婚姻生活的大股东。既然如此，就为了能够自己做主努力奋斗吧！给自己多一些筹码，多一些在遇到爱情阻力时依然携手前进的勇气。假如人生本就是一场赌博，愿你的筹码永远在自己手中。

因为爱，所以爱

网友来信：

有个问题困扰了我很久，我想要咨询你。我和男友大学就认识了，那时候他妈妈每天都打一个电话给他，问今天都发生了什么？这种情况一直持续到现在，甚至如今我们已经结婚，他妈妈依然保持每天一个电话。其实并没有什么特别的事，只是闲聊，但我非常反感，因为这件事也跟老公吵了很多次，现在两个人都累了，我也说不出为何反感，但我就是做不到接受这件事。

工作日他妈妈打来我听不到，但周末我也在家。包括我们出去玩，他妈妈也要打来，问都去了哪些景点？

明天什么安排？当地有哪些推荐一定要去之类的。我该怎么办？

再说说我：

我是家里的独生女，大学之前我从没住过校，用我爸的话来说，我们家快赶上孟母三迁了。我家的地址是随着我上学地址来回变动的，上高中的时候，我爸他们为了我离学校近，干脆把房子买在了学校院里。我们家和教学楼只隔了一堵墙，穿过小门便可以上学去了，整个路程不超过五分钟。

后来上了大学，我就像被放开了的野马，太开心了！从小到大都没住过校，也从未体验过集体生活。于是一进大学我便撒欢了，虽然离家远，但我有一群同吃同住的姐妹啊！那时候我妈基本每天打电话给我，问我吃得好不好，睡得好不好，是否习惯大学生活，有没有想家。

还记得我上铺的女生刚入学的第一个月基本上是哭过来的，她说太想家了，想妈妈。我体会不到那种感觉，因为我觉得这么多人陪着，为何要想妈妈呢？

虽然我不想家，但我妈想我。我从未离开家那么久过。我妈也没有离开我这么久过。还记得高三的时候，大家都在紧张复习，我却因为我妈去姥姥家小住而在数学课上哭得周围人的卫生纸都被我用光。还被同学嘲笑至今。貌似从踏入大学校门的那一刻，我就长大了，不再想家。

我妈担心我，经常打电话来，我还为此专门从学姐那里买了一个摄像头，每周六下午固定时间去和家里视频，以证明我还在学校，并且过得很好。后来我妈还是不放心，有时候她会打电话过来，问我是否还在秦皇岛，她怕我丢了，虽然我并不知道这些害怕都来源于什么。

于是我开始写日记，每天都在空间更新一篇，有时候写我今天去了图书馆，借了几本商战小说；有时候写我们宿舍的饮水机因为我们懒得打热水而用它烧水烧坏掉了，来了个理科男生来修理；有时候会写我们几个女生在大夏天里把冬天的羽绒服都拿出来穿身上走秀……我妈通过日记了解我的生活动态，而我也从空间访客记录得知我妈在一直关注我。那段时间我妈曾说过一句话：你走了，家里就电脑最亲。（我不知道我爸作何感想，哈哈哈）

后来呢？我顺利毕业了，人长大了，想法就越来越多。这些年我妈由着我走南闯北，因为我踏实靠谱，也便渐渐放心了。唯一没改变的是依然在密切关注我。

我妈会上qq，也玩微信，她还会关注我所有发文章的渠道。不忙的时候，她喜欢跟我闲聊几句，我也习惯如此。去年我跳槽后，工作变得非常忙，有时候加班回到家已经十点多，从那开始我妈渐渐不跟我闲聊了，除非我找她，她很少找我。有时候需要我帮她淘宝付款她会发邮件给我。她说其实比起孩子，父母也需要成长，学着放下，学着独立。

再后来呢？我要结婚了，带着Z回家，他们很开心地接待他，说以后就多一个儿子了。于是Z在我家撒泼打滚，比在自己家还要放松。Z建了一个微信群叫“一家子”，里面有我爸妈还有我俩。没人提这件事，但我们很默契地达成了一致，彼此有好玩的新闻、工作趣事、旅行见闻，都会发到这个群里。有时候一天好多条信息，有时候好几天没有一条信息。Z这方面比我会做，他在节日的时候丢红包在群里，于是我妈边抢红包边夸他，说有了他感觉特别幸福。嗯，女人就是这么好哄。

前不久我和Z订了我们四个人去泰国的旅行团，于是我们又开始在里面叽叽喳喳讨论出国都要带什么，换多少外币合适，这个群又热闹了好一阵。

几日前我和我妈聊语音，Z突然过来跟我挤眉弄眼，他是想我跟我妈说他今年获得了优秀员工奖，我妈听后又好夸了一番，于是Z一句甜甜的“谢谢妈！”心满意足地忙别的去了。那一刻觉得真好，日后生活一直如此，也便满足了。

婆婆有两个儿子，没有女儿。我和她的关系不像婆媳，更像母女。因为我们会一起吐槽公公和Z，也会偶尔拌嘴。还没结婚的时候，她打电话给Z，Z问她什么事？她说没什么，就是想你了呗！在一边吃橘子的我听后立马抢过电话说，妈，你都对我不好！你想他却没有想我！三秒后电话那头传来：哈哈哈哈，你个死丫头！怎么不想你，想你俩啊！我说，嗯，想了就行，你们继续聊吧，我吃橘子了。男生跟妈妈再亲，有些话也不会聊，所以我会每周给婆婆打一次电话，内容很简单：聊聊近期生活，彼此吐槽下公公和Z，然后嘻嘻哈哈就过去了。

我觉得我妈说得对，比起孩子，父母更需要成长。需要学会独立，学会放下，学会让子女有自己的空间和生活。这并不代表子女抛弃了他们，而是子女长大了，需要有自己的空间。当然作为子女，我们也该常回家看看，毕竟小时候他们从未丢下我们太久，他们老了，也理当如此。

很多时候我在想，我妈到底在怕什么？后来我想通了，他们可能是怕失去，失去我们，失去跟我们生活的交集，失去沟通的能力。

结婚是两个家庭的结合，要学会融入，学会结合。不要害怕婚后生活，毕竟除了讲道理，这世上还有一种方式叫任性无理撒泼打滚。有时候家不是讲道理的地方，那不妨用另一种方式来解决问题。